もないいつもの学校
から、私たちの日常は崩壊した
ふあ〜〜よく寝たーっ
ゆらっ
え…
ドン
きゃっ
ガァアアアアッ
い、いやあ！
これって…保健の先生!?

やめて！
殺される！
ガッ
——柏木雅《かしわぎみやび》先輩
……な！
なんなんですか
あれは！
僕にも理由は
わからない
外に出たら
この有様だった

ガラッ
2年B組
アオイっ 無事だったんだね！
みんな…
おいっテレビを見ろ！ ここの…浦高市《うらたかし》のことがやってるぞ！
昨夜未明、C県浦高市にある国立疾病管理センターで起きた火災により
有害なウイルスが漏れ出た危険性があることを同センターが発表しました。
NEWS
有害ウイルス流出か
速報
繰り返します――
有害なウイルス……？
ゾンビが来たぞ！西階段だ！
きゃああああああ！
学校どころか、浦高市から逃げなくちゃいけない

CONTENTS

× × × ×
× × ×
× × × ×

感染都市
～恐怖のゾンビウイルス～
登場人物紹介

柏木《かしわぎ》　雅《みやび》

高３。剣道部の部長で文武両道のイケメンで、校内では有名人。だけど、無口でどこか陰がある。偶然、あおいと一緒にゾンビから逃げることに。

涼風《すずかぜ》あおい

明るく友達思いの高校２年生。しっかりしていそうに見えて、じつは危なっかしい。ある日突然、ゾンビたちに襲われることに…。弓道部に所属。

神《じん》野《の》純《じゅん》也《や》
あおいの幼なじみでクラスメイト。口は悪いけど、正義感に溢れている。じつは、あおいに想いを寄せている!?
桃《もも》木《き》　澪《みお》
あおいのクラスメイトで親友、さらに武志の彼女。見た目も性格も女子っぽく、守ってあげたくなるタイプ。
中《なか》原《はら》武《たけ》志《し》
あおいのクラスメイトで、澪の彼氏。サッカー部のエースで頭もよく人気者だけど、澪には頭が上がらない。

それは、いつもと変わらない朝のはずだった。

それなのに……。

突如として、崩壊していく日常。

豹変《ひょうへん》する人々。

燃えさかる炎に包まれていく町。

次々と傷つき、倒れていくクラスメイトたち。

もがいても、あがいても、襲いくる恐怖と絶望。

それでも、みんなと、

「生きたい……」

この願い、届きますか？

プロローグ

大きな破裂音に促されるように、青白い炎は火柱となり建物全体を包み込んだ。けたたましいサイレンと飛び交う怒号が静寂にこだましていく。

真っ暗な闇《やみ》に浮かび上がった灼熱《しゃくねつ》は、見るものを無意識に惹《ひ》きつける神々《こうごう》しさと禍々《まがまが》しさを内包していた。

それは、人智《じんち》と傲《おご》りと偶然がもたらした終わりの始まり。

始まり
—ハジマリ—

高校二年の七月。

眩《まぶ》しい日差しが照りつける夏の日。

すべてはこの日から始まった。


「おはよう！　あおい」

教室に入ると、いつものように桃木澪《ももきみお》が私に抱きついてくる。

「おはよう」

挨拶《あいさつ》を返すと、澪はうれしそうにニッコリと笑う。

小さくて人懐っこくて可愛《かわい》らしい。私の自慢の親友だ。

「ねえ、夜中の火事、見た？　すごかったよね〜」

火事？　なんのことだろう。

窓際の席に座り、前に腰かけた澪に首をかしげてみせると、

「朝のニュースでもやってたぞ。見てないのか」

と、澪の彼氏の中原武志《なかはらたけし》がやってくる。

武志はサッカー部のエースで頭もよく、男女問わずに結構な人気者。

可愛い澪とはお似合いのカップル。

「たしか、国立疾病管理《こくりつしっぺいかんり》センターだったかな。ここから近いぞ」

「うちからは爆発音も聞こえたんだよ。あおい気づかなかったの？」

澪の家から私の家は歩いて五分の距離。たしかに外が騒がしければ、気づくだろう。

でも昨日は。

「夏風邪ひいたみたいで、薬飲んで十時には寝ちゃったんだよね。でもそんなにすごかったの？」

「すごいも何も、さっきからみんなその話で盛り上がってんだよ。幸希《こうき》なんか現場まで見に行ったらしいぞ」

言われてみれば、みんな何カ所かに固まっていつも以上にざわついてる。

すると、武志の声を聞いたお調子者の小泉《こいずみ》幸希が「呼んだか？」と輪に入り、見てきたことを身振り手振りを交えて話し始めた。

「そりゃあ、ものすごい火でさ。消防車に救急車だろ、パトカーも。全部で十台以上は来てたな。それにガスマスクと防護服っていうの？　宇宙服みたいなやつ。それ着た変な連中までうろうろしていて、夜中だっていうのに祭みたいに賑《にぎ》やかだったぜ」

「そうなんだ」

ニュースにまでなったということは、かなり大規模な火災だったのだろうか。

疾病管理センターって伝染病の研究しているところだったかな？

ギリギリまで眠っていて、テレビどころか朝ご飯も食べ損ねた私にはいまいちピンとこない。

それに、まだちょっと体調も万全とは言いがたいんだよね。

「あおい、まだ熱とかあるの？」

みんなが盛り上がっているのに反応が薄いからか、澪が顔を覗《のぞ》き込んでくる。

「うん。ちょっとね。一限目は体育だから保健室で寝てようかな」

そんなにひどいわけじゃないけど、体育は休むつもりでいたし、見学よりは横になっていたほうが早く治る気がする。

「一緒についていこうか？」

「大丈夫。ひと眠りしたら治るよ。澪は、先生に言っておいて」

心配そうな澪に笑顔を見せて、私は教室をあとにした。

廊下に出て階段に差しかかると、幼なじみの神野純也《じんのじゅんや》が下から上がってくるところだった。

「おはよう」

「ん？……おお」

まだ寝起きなのかと思うほど、ダルそうに返事をしてくる。

寝癖のついた頭と、ひん曲がったネクタイ。まるでくたびれたサラリーマンだ。

顔は悪くないんだから、もう少しちゃんとすればモテそうなのに……。

まあ、言ってみたところで、「余計なお世話だ！」って一蹴《いっしゅう》されちゃうんだけどね。

「早く行かないと遅刻だよ」

「ああ。そうだな――で、そう言うお前はどこに行くんだ？」

「保健室」

「サボりか」

「純也じゃないんだから、そんなことしないわよ。ちょっと体調が悪いの」

わざとらしく睨《にら》んでやると、「あっそ」と軽く流して階段を上がっていってしまう。

まったく、幼なじみなんだから少しくらい心配してくれたっていいのに。

べーっと純也の背中に舌を出して、私は一階にある保健室へと向かった。

ドンッ！

――バタバタバタ。

……う、ん？

ベッドで眠っていた私は大きな物音で目を覚ました。

なんだろう……。

まだ重たいまぶたをこすっていると、ふあぁ～っと大あくびが出る。

上半身を起こして壁かけ時計を確認すると。

うそっ！

短い針は十二時を回っていた。

保健室に来たのが朝のホームルーム前だから、四時間は眠ってしまったことになる。

もうすぐ四限目が終わってしまう。

保健の先生に許可を取ったわけだけど、こんなことなら無理しないで家で眠っていればよかった。

だけど、爆睡したおかげか、だいぶ頭はスッキリとしていた。

立ち上がって大きく伸びをして、ベッド用のカーテンを開く。

しんとした室内には誰もいない。先生はどこかへ行っているらしい。

そういえば、さっきのあれは、なんの音だろう。

起きるきっかけになった大きな音。何かがぶつかったような、誰かが走り去っていくような……。

まだ授業中のはずなんだけどな。

確かめようと、入り口まで行って扉に手をかけた。

けど……開かない。

おかしいな。

鍵《かぎ》はかかっていないから、そんなはずはないんだけど……。

横開きのドアは外側から何かに押さえつけられているような重さがある。

何度か力を入れて試してみたけど、やっぱり開かない。

仕方なく、両手を使って体重をかけ一気に横にスライドさせてみる。

ガラガラガラ——ガンッ！

「きゃっ！」

勢いよく扉が開き尻餅《しりもち》をついてしまった。

「いった〜い」

打ちつけたお尻をこすっていると、目の前に何かが倒れ込んできた。

……コトン。

——えっ？

何……これ……。

あまりの出来事に一瞬、頭が真っ白になってしまう。

その扉を塞《ふさ》いでいたであろう倒れ込んできた物体を見て、生まれて初めて言葉も忘れて息をのんだ。

……うそ、だよね。

全身が総毛立ち、体がブルブルと震え出す。

意味がわからない。……なんで……どうして……。

……今、私の目の前に転がる物体。

それは――。

白衣を真っ赤に染めて白目をむく保健の先生だった。

……死んでいる。

しばらく呆然《ぼうぜん》としていた頭に、最初に飛来したのはその言葉。

首から大量の血を流し、全身血まみれでピクリとも動かないし、何より青白い口元からは呼吸音が聞こえない。

でも、もしかしたら気絶しているだけかもしれない。

とにかく、誰かを、助けを呼ばなくては……。

震える手を握りしめ立ち上がると、廊下の奥からバタバタと何人かの男子生徒がこちらへ走ってくるのが見えた。

「あのっ！　先生が――」

私は助けを求めて、なんとか振り絞って声を出した。

それなのに。

「触るなああああ！」

呼び止めようとした私の手を先頭の男子が必死の形相で振り払うと、横たわる先生を次々に飛び越えて通りすぎていく。

全員が全員、何かに怯《おび》えたような表情で……。

飛び越えたということは、血だらけで倒れている先生に気づかなかったはずはない。

なのにどうして？

血だらけで倒れている人を、死んでいるかもしれない人を放っておくなんて……。

まるで、恐ろしい何かから逃れるように……。

――逃げる？

ハッとして、男子たちが走ってきたほうを振り向いた。

すると――。

……何かがいる。

ゆっくりと足音を忍ばせ、さまようように歩いている。

あれは……。

……せんせい？

それは、一年中ジャージ姿の体育教師、山田《やまだ》先生だった。

……ただ、なんだか様子がおかしい。

いつもは背筋をまっすぐに伸ばして、お手本のように正しい姿勢が、前傾姿勢で首はダランと垂れ下がっている。

さらによく見てみると、口からはよだれを滴らせ、つま先が後ろを向いた足を引きずるように歩いている。

ジャージは土と血に汚れ、そして……右肩が——ない。

獰猛《どうもう》な獣にでもかじられたように胸元まで深くえぐれ、肉と骨がむき出しになっていた。

その姿はどう見ても歩ける状態じゃない。

いや違う。……生きていける状態じゃない。

山田先生は——死んでいる。

死んでいるのに動いているのだ。

「い、いやあ！」

今度はとっさに悲鳴が出た。

でも、それがいけなかった。

「——⁉」

山田先生だったものが、声に反応したのだ。

ピタッと足を止め、音の出所である私に視線を向けた。

黒目のない白く濁った目が、呪《のろ》いのように私を見据えている。

そして、急に動きを早めガクガクと不自然な動きでこちらへ一直線に向かってきたのだ。

「ガ、ア、ッァアア！」

低いうなり声を上げて。

「こ、来ないでっ！」

すぐに気づいた。さっきの男子たちは、これから、この怪物のようになってしまった先生から逃げていたのだと。

怖い！　早く逃げないと。

だけど、突然のことで、恐怖で体が言うことを聞かない。

それはもう、すぐそこまで迫っているというのに。

「うっ！　……くっ……」

先生だったものの、動くはずのない腕が伸びてくる。

「やめて！」

私は両肩をがっちりと掴まれ、壁に押しつけられてしまった。

反射的に伸ばした手で抵抗を試みるけど、すごい力で歯が立たない。

少しずつ生気のない変色した顔が目前に迫ってくる。

糸を引いた口がゆっくりと大きく開かれていく。

殺される！

……私は死を悟った。

その時――。

何かが風を切った。

続いてボゴッと鈍い音がしたかと思うと、肩にかかっていた圧力が消え、山田先生だったものがぐったりと床に倒れ込んだ。

その背後には、

「……」

いつの間にか、血で赤く染まった木刀を持ったメガネの男子生徒の姿があった。

この人……。

たしか、幼なじみの純也と同じ剣道部の三年生。

先月の県大会で優勝をした、校内ではちょっとした有名人、柏木雅《かしわぎみやび》先輩。

おそらくその木刀で殴ったのだろう。横たわる山田先生だったものは頭部がべっこりと陥没して動かなくなっている。

助かった……。

でも、そう思ってほっとしたのもつかの間だった。

えっ⁉

……なんで。

柏木先輩がサッと木刀を振り上げたのだ。

彼の前には私しかいないのに……。

私たちの間を遮るものは何もない。

その硬い凶器を振りおろせば、私の頭がどうなるのかは嫌でも想像がつく。

「どうし、て……」

呆然とする私をよそに、彼は躊躇《ちゅうちょ》することなく力強く木刀を振りおろした。

ぐしゃっ――。

木刀はまるでスイカ割りでもするように、勢いよく頭を叩《たた》き潰《つぶ》した。

不快な音とともに、赤黒い血があたりに飛び散る。

柏木先輩はメガネについた返り血を袖《そで》でぬぐい、肩で大きく息をした。

そして、

「噛《か》まれてないか？」

――と、私に問いかけたのだった。

柏木先輩が振りおろした凶器は私ではなく、狂った山田先生でもなく別の頭を砕いていたのだ。

もう一人、床に倒れていた人物。――保健の先生の頭を。

でも、どうして保健の先生を？

生きているかもしれないのに……。たとえ死んでいたとしても、人の頭を潰すなんて普通はしない。

もう、何がなんだか訳がわからない。

血まみれで倒れていた保健の先生。襲ってきた山田先生。走り去っていった男子たち。そして、先生の頭を割った柏木先輩……。

私が眠っている間に、学校はいったいどうなってしまったというのか。

そんな私の疑問をよそに、柏木先輩は苛立《いらだ》ったようにもう一度問いかけてきた。

「噛まれていないか」

威圧的な、敵意のあるようなトゲのある物言いで。

その銀色に光るメガネの奥からは何も読み取ることはできない。

私は少し怖くなってただ、こくりと頷《うなず》いた。

すると、柏木先輩は語気を弱め、「そうか」と言って私を二つの死体の間から引っ張り出してくれた。

「あの、いったい何があったんですか。私……保健室で眠っていて、起きてドアを開けたら、先生が倒れてきて――」

まだ、少し怖かったけど疑問が口をついて出た。いったい今、何が起こっているのか知りたい。

すると、先輩は私の手を引いて歩き出した。

さっき、男子生徒たちが走り去っていった正面玄関のほうへ。

「……先輩？　どこに行くんですか」

「百聞は一見にしかず、だ」

そう言ってずんずんと進んでいく。

進むにつれ、何やら叫び声のような騒々しい音が聞こえてくる。

角を曲がれば玄関が見える位置まで来ると、先輩は一度立ち止まり隠れるように壁にピッタリと張りついてそっと玄関を覗く。

そして、私と位置を入れ替わると見るように促した。

「音を立てないように、静かに」

――それは、地獄絵図だった。

悲鳴を上げ必死に逃げまどう生徒たち。

それを追いかける目の白く濁った血まみれの人々。

中には先ほどの山田先生と同じ教師たちの姿もある。

捕まった生徒は噛みつかれ、肉をむしり取られている。

食べられているのだ。

玄関から校門にかけて死体が転がり、死人がうごめいていた。

ここからはうまく見えないけど、おそらくその左側に広がる校庭も……。

「……な！　なんなんですかあれは！」

思わず取り乱して振り返ると、柏木先輩は口元に人差し指を当てて静かにするようにとポーズをとり、小声で話し始めた。

「僕にも理由はわからない。部室で授業をサボっていたら、悲鳴が聞こえて、表に出たらこの有様だった」

先輩は警戒するように一度玄関に目をやり、視線を戻す。

「慌てて部室にこいつを取りに戻って、渡り廊下から校舎に入ったら君が襲われてたんだ」

そう言って木刀を、ぎゅっと握りしめた。

「噛まれていないか聞いたのは、噛まれると襲っている奴《やつ》らと同じになるからだ」

「同じに？」

「そう、死のうが死ぬまいが奴らに噛まれてしばらくすると奴らと同じように人間を襲い始める。まるで、映画で観《み》たゾンビのようにね……」

ゾンビ……。

ただ説明されただけなら、そんな冗談みたいな話は信じられなかっただろう。だけど、こうやって人が人を襲い食べている惨状を目の当たりにしたら信じるしかない。

これはリアルなのだと。

「でも、保健の先生は？」

「君に噛みつこうとしていた」

そう言われブルッと寒気がする。

まったく気づかなかった。

もし、山田先生に襲われなかったとしても、あのまま何も知らずに保健の先生を助けようとしていたら私は死んでいたことになる。

柏木先輩は助けてくれたのに、疑った自分が恥ずかしい。

「あの、先輩――」

――バンッ！

お礼を言おうと口を開きかけたその時、下駄箱から大きな衝突音がした。

「いやっ！　やめて！　ぎぃぁあああああっ！」

慌てて見ると、玄関まで逃げてきた女子生徒がゾンビに囲まれ鼻を食い千切られるところだった。

顔の中央から鮮血が飛び散り、白いブラウスまでが真っ赤に染まっていく。

ゾンビはおいしそうでもまずそうでもなく、ただ無表情で女子生徒の鼻をクチャクチャと咀嚼《そしゃく》している。

「うあっあ……」

女子生徒は声にならない声を発しながら、足や腕にも次々とかじりつかれ、ゾンビの集団の中に埋もれていった。

私はあまりの光景にガクッと膝《ひざ》をついてしまった。

すると、

「ア……ア……」

女子生徒に貪《むさぼ》りついていたゾンビたちが一斉にこちらを振り返った。

まずい！

私が音を立てたからだ。

だけど、そう思った時には先輩はすでに動いていた。

低い体勢で走り寄ると、素早い動きで立ち上がる前のゾンビを一体、二体と倒していく。

三体目に木刀を振りおろしたところで、

「危ない！」

横から別のゾンビに爪を立てられ一瞬ヒヤッとした。

けど、首をひねった先輩の顔からは、メガネだけを掴んだ手が離れていく。

「くっ！」

紙一重で避けた先輩はメガネごと相手の頭を木刀で強打し、事なきを得ていた。

その後も、狭い空間で木刀がうまく振りかぶれずに二体のゾンビに同時に襲いかかられ足を噛まれそうになったけど、なんとか倒してくれた。

「ごめんなさい。私のせいで、危ない目に……メガネも壊れてしまいました」

「あんなものを見たんだ。気にしなくていい。それに視力もそれほど悪くはないから、メガネはなくてもそこまで困らない」

今、命の危険にさらされたばかりとは思えないくらい先輩はあっさり言うと、

「……行こう」

私の手を引き、足早に来た道を戻り始めた。

先生の死体が転がる保健室を通りすぎ、渡り廊下の手前の階段まで来ると立ち止まった。

「何が起こっているのか状況は理解できたね」

私は無言で頷く。

理由はわからない。だけどゾンビが人を襲っているのだ。捕まればそれは〝死〟を意味する。

「もうすぐここにも奴らがやってくるだろう。手遅れになる前に、僕は一度自分のクラスの様子を見に行こうと思う」

そう言われると私も気になり始めた。

澪や純也、クラスのみんなはどうしたのだろうか。学校からすでに逃げたのか、それともまだ教室にいるのだろうか……。

「……私も、自分の教室を見に行きます」

「わかった。行こう」

階段を上ると、まだたくさんの生徒がいるようで多くのざわめきが響いてきた。

ゾンビはまだ二階までは来ていないらしく、不安げな生徒たちが廊下を行き交っていた。

見る限りでは、一階以外はまだ安全らしい。

少しほっとして三階まで来ると、

「それじゃあ、気をつけて」

と、先輩はさらに階段を上っていってしまった。

三年生の教室は四階、私の、二年生の教室は三階にあるのだ。

柏木先輩があっさり行ってしまうと、一瞬不安な気持ちが込み上げてきたけど、頭を振ってその不安を振り払い、自分のクラスへと向かった。

教室には半分以上のクラスメイトがいくつかに固まってまだ残っていた。

すすり泣く女子や、気が高ぶって怒鳴り合いをする男子、みんなを落ちつかせようとするが、誰も言うことを聞かず、結果ヒステリックになるクラス委員長。

その誰もが青い顔をしていた。

どうやら状況は把握しているらしい。

私は窓際にいた澪の元へと一直線に向かった。

「あおい！」

私に気づいた澪が、涙を浮かべて抱きついてきた。

「バカ！　なんですぐ戻ってこなかったのよ！　心配したんだから！」

澪は頬《ほお》を膨らませてポカポカと胸を叩いてくる。

「ごめんごめん。寝すぎちゃって」

こんなに心配してくれてたなんてなんだかくすぐったい。

やっぱり持つべきものは親友だな。なんて思ってしまう。

「よかった。無事だったか」

澪の隣にいた武志も安堵《あんど》の表情を浮かべ、

「おい！　純也！　幸希！　あおいが戻ってきたぞ」

と、掃除用具入れの前にいた二人に声をかけた。

「あいつら、これからあおいを助けに行こうとしてたんだ」

「えっ⁉ 私を……」

ほうきとチリトリで武装した二人はキョトンとした顔で私を確認すると、慌ててこちらへ駆け寄ってきた。

「おい、武志！ 余計なこと言ってんじゃねえよ。俺は逃げ道を探しに行こうとしてただけだ！」

しかし、純也はそう言ってそっぽを向いてしまう。

「なに言ってんだよ、いちいち照れることかよ。——それよりあおい、無事でよかったな」

幸希は笑顔で喜んでくれている。

対照的な二人だけど、こんな状況下で助けに来ようとしてくれたのはとてもうれしかった。

「二人ともありがとう」

素直にお礼を言うと、幸希は「おう！」と親指を立てて、純也は「別に」とそっぽを向いたままで返事をしてくれた。

「さて、あおいも揃《そろ》ったところで、これからどうするか考えるか」

五人で澪の机を囲むように座り一息つくと、武志がそう提案する。

「ちょっと待って、私寝てたからなんでこんなことになったのか知らないの」

武志の言葉を遮ると、みんな心なしかうつむいてしまう。

何があったんだろうか……。

「私たちにもよくわからないの……」

澪が辛《つら》そうに口を開く。

「突然校庭から悲鳴が聞こえてきて、見たら体育中の生徒がゾンビみたいな化物に襲われてたの。先生たちが助けに行ったけど全然歯が立たなくて、やられちゃって、教室から逃げ出したみんなもどんどん殺されて……」

「警察は？」

「何度もかけたけど、電話はつながらない」

武志が悔しそうに唇を噛みしめる。

「そう……」

結局わかっているのは、澪たちも私とほとんど同じだった。

突然学校にゾンビが現れて、みんなを襲っているということだけ。

視線を窓の外に向けると、校庭では玄関から私が見たのと同じ光景が広がっていた。

悲鳴を上げ、血の海を逃げまどう生徒たち。そして、それらを追い、喰《く》らう死人、ゾンビの群……。

そして、その向こう、学校の外ではあちこちで煙が上がり、パトカーだか救急車だかのサイレンも遠くに響いていた。

それは学校の外も同じ状況なのだということを物語るには十分なものだった。

警察も先生もいない。

誰も助けてはくれない……。

私たちはこれからどうすればいいのか、自分たちで考えるしかないのだ。

かといって、すぐにいい考えが思い浮かぶわけもなくしばらく沈黙が続いた。

と、突然、教室の前のほうから誰かが声を上げた。

「みんな、テレビを見ろ！　ここの、浦高市《うらたかし》のことがやってるぞ！」

「⁉」

その声にすぐに反応した武志が、机の上にスマホを置いてワンセグをつける。

ザッと一瞬画面が乱れたあと、映ったアナウンサーが、真剣な表情でニュースを読み上げていた。

――速報です。

昨夜未明、C県浦高市にある国立疾病管理センターで起きた火災により、有害なウイルスが漏れ出た危険性があることを同センターが発表しました。

これにより政府は、浦高市全域を緊急避難区域に指定するとともに、災害対策本部を設置し、自衛隊の派遣を正式に決定致しました。

繰り返します――。


一気に空気が凍りついていく。

そして、何カ所かに固まってニュースを見ていたクラス中から、悲鳴と罵声《ばせい》が上がった。

「なんなのよ、これ！」

「ふざけんな！」

「もう、嫌よこんなの！」

「あのゾンビみてえな化け物は、全部その管理センターのせいなんじゃねえか！」

恐怖から来る、やり場のない怒りが教室に充満していく。

有害なウイルス……。

それが原因であのゾンビが生まれたということだろうか。

専門的なことなんて高校生の私たちにはわからない。

だけど、『緊急避難区域』――学校どころか、浦高市から逃げなくてはいけないということだけはわかった。

「私たち……みんな、それに感染して死んじゃうの?」

ピリピリとした空気に怯えた澪の頬を涙が伝う。

「な、なに言ってんだよ。自衛隊だって出動するって言ってたし、大丈夫だよ」

武志が澪を安心させるように抱き寄せた。

……優しい。

こんな時なのに、――いや、こんな時だからこそ寄り添う二人を少し羨《うらや》ましく思ってしまう。

このまま死んだら、私はキスどころか彼氏を作ったこともないまま寂しい人生で幕を閉じることになってしまうから。

そんなのは絶対に嫌だな……。

ふと、視線を感じてそちらを見やると、純也と幸希がこちらを見つめていた。

「どうかした?」

「あ、いやぁ……あおいは泣いたりしないのかな~と思って……」

と幸希。

「べ、別になんでもねえよ」

と純也。

変な二人だ。

そういえばこの二人、他の男子みたいに取り乱したり怒鳴ったりしていない。

武志はもともと冷静なタイプだからいいとして、幸希は能天気で純也は純粋におバカだからかな？

——なんて失礼な現実逃避をしていると、すぐに現実に引き戻されてしまった。

「きゃあああああ！」

廊下の奥から上がる悲鳴。

それに続いて、様子を見に行っていたらしい男子が教室に駆け込んでくる。

「来たぞ！　西階段だ！」

瞬間——絶望という沈黙に支配される教室。

心のどこかでゾンビは階段を上ってこないのではないか、誰もがそう思っていたのだ。

だからこそ、文句を言いながらも、あのむごたらしい校庭の惨状を目撃しながらも、逃げずにここに留まっていたのだ。

他の教室に残っている生徒もおそらく同じ考えだろう。

しかし、その希望はたった一声で簡単に打ち砕かれてしまった。

……ここは安全ではない。

あの化け物が、ゾンビがここへやってくるのだ。

「逃げるぞ！」

誰かがそう言ったのを皮切りにクラス中が一斉に行動を起こした。

みんな堰《せき》を切ったように廊下へと駆け出していく。

「どけ！」

「うるせえ、邪魔だ！」

「きゃあっ！」

非力な何人かの女子が突き飛ばされ、机にぶつかり倒れ込んだ。

他の教室からも生徒が溢《あふ》れ出し、廊下は混乱状態となった。

つまずいた生徒は誰に起こされることもなく、パニックで我を忘れた集団に踏みつけられていく。

狭い空間で苛立ち、誰かれ構わず殴り始める者までいた。

私たちは、開け放たれた扉から呆然とそれを見つめていた。

巻き込まれなかったのは、武志が動こうとした純也と幸希の襟首を掴《つか》んで「待て！」と鋭く言い放ったからだった。

冷静な武志のおかげで助かった。

あの中に入っていたら、力の強い純也や長身の幸希ならともかく、私やとくに小柄な澪はケガじゃ済まなかったかもしれない……。

しばらく待つと、廊下の人影もまばらになってきた。

「そろそろいいかな」

「ちょっと様子見てくるか？」

男子三人が顔を見合わせて足早に歩いていく。

私が澪の手を取って、そのあとに続こうとすると、

「……待って」

と、か細い声が耳に届いた。

まだ、誰か教室に残っているの？

見回してみると、

「明美《あけみ》、それに小百合《さゆり》」

あまり目立たない大人しいタイプのクラスメイトが二人、教卓の陰に隠れるように抱き合ってしゃがんでいた。

先ほどの混乱で突き飛ばされたのか、村瀬明美はおでこから、水上《みずかみ》小百合は足から出血をしていた。

「大丈夫？」

「小百合が歩けないの」

いる。

「倒れた時に誰かに踏まれて、すごく痛いらしくて……」

たしかにさっきから説明してるのは明美で、小百合は辛そうにずっと顔をしかめている。

「えっ⁉」

よく見ると、膝《ひざ》がかなり腫《は》れ上がっている。

折れたりしてなきゃいいんだけど……。

「わかった。肩を貸すから掴まって」

私と明美で挟み込んで〝せーの〟で小百合を立たせると、

「……うっ……ああ……」

痛そうに短い悲鳴を上げる。

でも、耐えてもらうしかない。

ただでさえ出遅れているのだ。ゆっくりしていてはゾンビが来てしまう。

「がんばって」

小百合を励ましながら廊下に出ると、さっきの混乱のせいで何人もの生徒がケガをしてうずくまっていた。

同じ学年だけに、ほとんどが顔見知りだ。

お腹を苦しそうに押さえる子、大量の鼻血でシャツがべったりな子までいる。

みんな大丈夫だろうか……。

だけど、人の心配なんてしている場合じゃなかった。

「ヤベーぞっ！　逃げろぉぉおおおーー！」

西階段から、幸希が血相を変えて猛スピードで走ってきたのだ。

その後ろからは……。

廊下を埋め尽くすほどのゾンビの群。

「やめろーー！　……うわあっ！」

「痛てえええ！」

「きゃあああっ！」

ケガをして動きの鈍い生徒たちが次々に襲われていく。

「幸希！　武志と純也は？」

「逃げ道！　そっちの階段を見に行った！」

青ざめた澪が尋ねると、幸希は東階段のほうを指さし、そのまま通りすぎていく。

澪がそれに続き、私たちも続こうとした――が、

「――あうっ」

慌てたせいか、小百合が足に力が入らずにガクッと体勢を崩してしまった。

肩を貸していた私と明美は、必然的にそれに引っ張られて、三人一緒に転倒してし

まう。

「きゃっ！」

かろうじて私は受け身を取れた。

小百合は……。

「大丈夫？」

「……う、うん」

返事はするものの、顔が真っ青で大量の汗をかいている。

……相当痛いんだ。

でも、早く逃げなくちゃ。

まだ教室からは、一歩しか出ていない。

「がんばって、小百合」

急いで小百合の腕を肩に回して、もう一度立ち上がろうとした。

けど、持ち上がらない……。

理由はすぐにわかった。

反対側で支えているはずの明美が、すでに立ち上がっていたのだ。

親友であるはずの小百合に手を差し伸べることなく……。

……一人で。

「明美！　何してるの、早くそっちを持って！」

「……い、嫌」

「何……言ってるの……明美？」

「死に、たくない……死にたくない死にたくない死にたくない！」

明美は踵《きびす》を返すと、東階段に向けて走り出してしまった。

「――ア、アッ……アアア」

そして、すぐに背中越しに、人間のものではない呻《うめ》き声が聞こえてくる。

見上げるとそこには……太ももを半分噛み千切られ、左腕を失った女子生徒のゾンビの姿があった。

いつの間にか、手を伸ばせば触れられる距離まで迫られていた。

「ひぃっ――んぐぅ」

叫び出しそうな小百合の口をとっさに押さえて、目で静かにするように合図する。

「……」

一か八かの賭だった。

一階で山田先生のゾンビに遭遇した時、彼は私の悲鳴に反応していた。

そして、声に引き寄せられるように襲いかかってきた。

もしかしたら、ゾンビは声というか音に反応するのではないか。そう思ったのだ。

その白く濁った目が、見た目どおりうまく機能していないことを祈るしかない。

私は小百合に覆《おお》いかぶさるように丸くなって、息を殺した。

……ポタ……ポタ……。

背中に冷やりとした感触が広がる。

たぶん、なくなった腕のつけ根からこぼれてくる血液。

「……」

わずか数秒が何十分にも感じられた……。

しかし、その甲斐《かい》あって、腕のないゾンビは遠ざかる明美の叫び声と走る靴音に吸い寄せられるようにあとを追い始めた。

……やっぱり、目はよく見えていないんだ。

なんとかやり過ごせた。

けど、まだたくさんのゾンビがそこかしこで逃げ遅れた同級生を貪《むさぼ》っている。

囲まれる前に、ここから逃げなくては……。

それには、小百合が歩くための支えが必要だ。非力な私一人では無理だ。

すぐに思い浮かんだのは、さっき純也と幸希が武器代わりに持っていた柄の部分が長い掃きぼうきだ。

杖《つえ》代わりになるほうきがあれば、それと私を支えに小百合も歩けるはず。

私はそっと立ち上がり、静かに足を踏み出した。

すると――。

「行かないでっ！」

突如、小百合が必死の形相で私の足にしがみついてきた。

「お願い！　置いていかないで！」

「ち、違うの。小百合、落ちついて」

明美のように、私が一人で逃げてしまうと勘違いしたのか、小百合が取り乱してしまった。

そして案の定、その大きな声にゾンビが反応してしまう。

右側から男子生徒のゾンビが三体、そして左側からも、せっかくやり過ごした女子生徒のゾンビがユーターンしてこちらに向きを変えてしまった。

このままでは、囲まれてしまう……。

だけど、そう思ったのは一瞬だった。

女子生徒のゾンビの後ろから、猛ダッシュしてくる人影が見えたのだ。

「うおおおおおっ！」

その人物は、恐怖を振り払うように雄叫《おたけ》びを上げ、手にしていたほうきをゾンビの顔面に叩き込んだ。

「おらあああっー！」

さらに、走り込んだ勢いをそのままに、女子ゾンビに体当たりをかます。

そして、それがうまい具合に右から来ていたゾンビたちを巻き込んで一緒に吹っ飛んでいく。

「純也！」

私は助けに来てくれた人物の名前を思わず叫んでいた。

どうせ、これだけ騒いでしまえば今さらだ。

「あおい！　生きてっか！」

純也は折れ曲がったほうきを投げ捨て、汗だくで駆け寄ってくる。

よっぽど慌ててたのか、肩で息をして。

「私は大丈夫、それより小百合をおんぶして！」

「はっ⁉　おんぶ？」

間髪入れずに言った言葉に純也はポカンとしている。

「いいから、早く！　ケガしてるのよ」

助けてもらっといて偉そうだとは思うけど、ぐずぐずしていたら元も子もない。

今はとにかく一秒でも早く逃げること。

力のある純也に頼るしかない。

「早くしゃがむ！」

キッと睨むと、純也はぶつぶつ言いながらも小百合を背負ってくれる。

急に動かすと小百合が痛がったけど、純也は、

「なんだ？　軽いなお前。ちゃんと飯食ってんのか？」

と、見当違いな心配をしている。

私はこんな時なのに、なんだかおかしくて、フッと笑ってしまった。

緊張のせいで強張《こわば》った体を、脳がほぐしたかったのかもしれない。

「なに笑ってんだ、あおい……。状況わかってんのか？　あっ！　もしかして恐怖で頭おかしくなっちまったのか？」

「そんなわけないでしょ！　さあ、行きましょ！」

再び迫りつつあるゾンビを振りきるべく、私たちは東階段に向けて走り出した。

すぐに階段まで来たけど、そこに澪たちの姿はなかった。

さらに言うと、純也は階段をそのまま通りすぎてしまった。

「どこまで行くの？」

少し後方を走りながら、純也の背中に疑問を投げかけると、

「その下はもう無理だ」

と、そのまま走り続ける。

無理、ということは、この階段の下もすでにゾンビがいるのだろうか。

純也は廊下の突き当たりまで来て、ようやく止まった。

そして、小百合を背負ったまま、

「この扉を開けてくれ」

と、鉄製の頑丈な扉を顎《あご》で指し示す。

「これって――」

「非常階段だ」

そう、純也の言うとおり非常階段の扉だ。だけど、この先は……。

ためらっていると、純也が私のお尻にポスッと軽く蹴《け》りを入れた。

「なっ！　何するのよ！」

「いいから早く開けろ！　武志たちはこの先だ」

「でも！」

「ああ、もう！」

業を煮やした純也は、少し前屈《かが》みになり片手で小百合を支え、もう一方の手でドアノブを回した。

もわっとした肌にまとわりつく夏の空気と、眩しい日差しに目をしかめる。

この先は校舎の外側に設置された階段、いわば外だ。

しかも、右側にはゾンビだらけの校庭があるのだ。

「ぼさっとしてんな、行くぞ！」

純也はためらいもせずに先行する。

私は結局ここにいるわけにもいかず、そのあとに続いた。


非常階段にゾンビはいなかった。

普段は使用禁止で、一年生の時に避難訓練で一度利用しただけだから忘れていた。

外側は落下防止用にコンクリートの壁が胸の高さまであって、少し屈めば校庭からは見えづらいのだ。

音さえ立てなければ、まだ安全なのかな。

一階までおりていくと、一番下に体育座りで身をひそめている澪を見つけた。

その場所は校庭からは死角になっている。

「あおい！　なんですぐ逃げなかったのよ！」

私を見つけると、澪は小声で怒りながらも抱きしめてくれる。

いつもどおりの温《ぬく》もりに、なんだか安心する。

ご立腹の澪をなだめながら事情を説明すると、今度は澪が教えてくれる。

「東階段は純也と武志が見に行ったんだけど、先に逃げた人が二階で襲われてたんだって。それで、武志が思いついて非常階段でおりることにしたの」

「そうだったんだ」

「そう。それなのにあおいが来ないから澪が戻ろうとしたら、純也が『俺が行く！』って血相変えて走っていっちゃったの。しかも澪のことバン！って押したんだよ、バンッて！」

思い出して澪がむくれるが、純也はそっぽを向いて「記憶にねえな」とボソリ言っている。

いまだ、背中には小百合を背負ったままだ。本当に重くないらしい……。

澪がさらに文句を言おうとしていたので、私は話を変えることにした。

「それで、幸希と武志はどこ？」

すると、澪が校舎と体育館をつなぐ渡り廊下を指さす。

そこには物陰に隠れながら、体育館のほうへ移動していく武志がいた。

そして、

「……あおい、無事でよかった」

と、反対側からバツが悪そうな声が耳に届いてきた。

見ると、数メートル先で、校舎と渡り廊下を遮るくもりガラスの扉を、幸希がしゃがんで押さえていた。

おそらく校舎からゾンビが来ないようにしているのだろう。

全然気づかなかった……。

「先に逃げて悪かったな……。なんて言うか……ゾンビを目の前で見たら頭が真っ白になっちゃって……。ごめん」

本当に申し訳なさそうに両手を合わせて頭を下げてくる。普段の元気な姿はかけらもない。

「気にしなくていいよ。無事だったし」

幸希の行動は仕方がないと思う。

こんな状況で恐怖や興奮から自分を保つなんてなかなかできることではない。

私だって最初にゾンビを間近で見た時は足が竦《すく》んで何もできなかった。

廊下に出た時のクラスメイトたちも我先に逃げ出していたし、純也でさえ興奮のあまり澪を突き飛ばしたのだ。

それに明美は、親友の小百合を……。

あれ？

そういえば明美の姿がどこにもない。みんなとは合流しなかったのだろうか。

「……明美は？　明美に会わなかった？」

「あおいと一緒じゃなかったの？」

「誰だれ」

澪は首を捻《ひね》っているし、純也にいたってはクラスメイトの名前すらきちんと覚えていないらしい……。

とにかく、ここにいないということは、東階段をおりてしまったのだろうか。

もし、そうだとしたら……。

小百合を見ると、純也の背中に額を預けていてうまく表情が読み取れない。

親友に見捨てられた。その思いでいっぱいなのだろうか……。

それとも、足の痛みで何も考えられないのかな。

さっきみたいに取り乱したりしていないだけ、マシだと思うべきなのだろうか。

明美と小百合は、こんなことがなければとても仲のいい友達だったはずなのに……。

私は急に寂しさが込み上げてきて、知らず知らず澪の手を握りしめていた。

その時だった――。

ガシャン！というガラスの割れる音。

幸希が押さえていた扉が、勢いよく弾け飛ぶ。

ガラス片が飛び散り、外れた扉ごと男子生徒が転がり出てきた。

その男子生徒はすぐにぐったりと動かなくなったが、開け放たれたドアの向こうから、何体ものゾンビが姿を現した。

突然のことに、一息ついていた頭がついていけずに体が固まる。

「――走れっ！」

横にいるはずの純也の声が遠くに聞こえた。

腕が、何かにぐっと引っ張られ体が持ち上がる。

意識から切り離されたように、足があとずさりしていく。

けど、私の目は壊された扉に釘《くぎ》づけになっていた。

だって、その下には……。

みんなでバカ騒ぎする時には必ずその中心にいて、いつも笑顔で、元気で、お調子者で、保健室にいた私を助けに来ようとしてくれた……幸希が。

なぜだろう……頭の中を、昔の記憶がグルグルと回り始めた。

一年の時から同じクラスで、気づいたら仲良くなっていた幸希……。

――文化祭の時なんか、みんな忙しいって、とくに男子は冷めた感じで準備を手伝ってくれる人は少なかったけど、

『あいつら、大人になったら絶対後悔するぜ。これぞ青春の一ページだっていうのにな！』

なんて得意げに言っていた。

『なあに、それ～』

『だって、女子とこ〜んなに近づいて仲良くなれるチャンスなんて滅多《めった》にないだろ！

明美とか小百合なんて、さっき初めてしゃべれたんだぜ』

『さっき初めて話したのに、もう下の名前で呼んでるの？』

『えっ？　ダメなのか！』

真剣に聞き返してくるから、そこにいたみんなでお腹を抱えて笑った。

——ある日、たまたま一緒になった夕日がきれいだった帰り道では。

『なあ、あおい……』

『なあに？』

『あおいはさ、男女の友情って信じるか？』

『どうしたの？　急に』

唐突に真面目な顔して言うから、私は最初キョトンとしてたけど、

『……昔はさ、俺もそんなの一切ありえねえって思ってたんだけどさ』

幸希は照れくさそうに、夕日に目を細めたままで話し続けた。

『俺、最近思うんだ……。あおいと仲良くなってから、なんかそういうのもありかなっ、てさ……』

恥ずかしかったけど、うれしかった。

女の子同士では味わえない、むずがゆい感覚。

幼なじみの純也とは違う、初めての、本物の〝男友達〟……。

――幸希。

「幸希ーーっっ！」

私は考えなしに叫んでいた。

ゾンビが音に反応するとか、気持ち悪いとか、同じ学校の生徒だったとか、そんなことはどうでもよかった。

すぐそこで、友達が、幸希が、砕けたガラスにまみれて横たわっている。

――助けなきゃ！　助けなきゃいけない。

なのに……。なのに……どうして……、血だらけの死人が私の目の前に立って邪魔をするの？

どうして、何かが強い力で、私を後ろから引きずるの。

……どうして、幸希は動こうとしないの？

どうして私の手は届かないの……。

どうして？　……ねえ、どうして？

……。

胸から何か熱いものが込み上げてきて、視界が歪《ゆが》んだ。

私の意識は、そこで暗転した。

選択
—センタク—

ヒンヤリとした感触が頬に触れる。

目を覚ました時、私は固い床の上に寝そべっていた。

ふと、見上げると、

「あおいっ！」

ハンカチを手にした澪の姿がすぐそばにあった。

上半身を起こすと、そこには純也と武志、そして小百合もいる。

「ここは……？」

「体育館だよ」

「あおいは気絶してたんだ。三十分くらいかな」

キゼツ……？

言われてみれば記憶が曖昧《あいまい》だ。

たしか、純也に助けてもらって、非常階段をおりて、そのあと……。

「っ！――こうき！　幸希は⁉」

思い出した！　ガラス扉が吹き飛んで、幸希がその下敷きになって――。

うそ……だよね……。

みんなうつむいてしまい、黙り込んでしまった。

それは、暗に最悪の答えを物語っていた。

助けられなかった。

……。

幸希は死んだのだ……。

無音の体育館はやけに広く感じて、言い知れない虚無感《きょむかん》があたりを蝕《むしば》んでいった。

「あら、気がついたの？」

そんな、沈黙の支配を打ち破って、やわらかな女性の声が耳に届いてきた。

声の主を探すと、ステージのほうからこちらへ歩いてくるのが見えた。

長いサラサラの黒髪にお人形さんのように整った顔立ち。

スタイルもよくて、すらっと伸びる細い足に大きな胸を持った、女の私でさえ目を奪われてしまう美少女。

それは、堕《お》ちた世界に射した一筋の光明《こうみょう》のように思えた。

いや……、この時の私たちは、ただ幸希の死から、不条理から目を逸《そ》らしたかっただけなのかもしれない。

「あおいさん、久しぶりね」

「……お、お久しぶりです」

美少女は、私のよく知っている三年生だった。

その容姿と落ちついた物腰で、男子のみならず、女子や先生ですら虜《とりこ》にしてしまう学校一の有名人。

私がサボりがちな部活の部長……。

七星紫音《ななせしおん》先輩。

「……あ、あの」

「急に動かないほうがいいわ」

紫音先輩は立ち上がろうとした私を手で制して、隣に腰をおろした。

そして、

「じっとしていて」

と、持っていたハンカチで額の汗をぬぐってくれる。

冷たくて気持ちいい……。

さっきの澪といい、ハンカチが水に濡《ぬ》れているから、汗でべたついた肌に心地よいんだと今さらながらに気がついた。

水があるなら飲みたい。すごく喉《のど》がカラカラだ。

そう思っていると今度は、

「どうぞ」

どこから出したのか、ペットボトルの水を手の平に乗せてくれた。

一気に半分ほど飲み干すと、カラッポの胃に染み渡っていくのがわかった。

ふぅ〜、と大きな息が自然と吐き出される。

「落ちついたかしら」

「あ、はい。ありがとうございます」

お礼を言うと、紫音先輩は、

「それじゃあ、話し合いをしましょうか」

と、了解を得るようにみんなを見回した。


「じゃあ、澪と純也が？」

「そう！　純也は小百合をおんぶしたまま、片手でだよ。ゴリラかと思った」

「お前らが軽すぎるだけだ」

まず、最初に気絶してからのことを聞いた。

澪と純也が私をここまで運んでくれたらしい。

その過程で幸希が噛まれるのを純也が見たらしいけど、それ以上は何も語らなかった。

その後、開閉確認のため先頭に立っていた武志が体育館の扉を開き、みんなで逃げ込んだ。

ほぼ同時に、反対側にある小扉から一人で逃げていた紫音先輩が入ってきて両方の扉に鍵をかけた。

もし、体育館の扉に鍵がかかっていたら……。

そう思うと蒸し暑さも忘れて、ぶるっと寒気がした。

私たちは今、深い谷の上を命綱なしで綱渡りしているのと同じなのだと……。

紫音先輩が言っている『話し合い』とは、このあとどうするかについてで、私が起きるまで待つように武志が言ってくれたようだった。

紫音先輩の知っている情報は私たちと同じで、浦高市が緊急避難区域になったこと、そして原因は国立疾病管理センターの火災だということだけだった。

「警察にはいまだにつながらないし、やっぱり自分たちでなんとかするしかない」

スマホをポケットに戻しながら武志が首を振った。

そこで私はあることに気がついた。

「あのさ、メールは？　メールとか、メッセージアプリで誰か、親とかに助けを求めてみたらどうかな」

その言葉に、みんなが一斉にこちらに目を向けた。ただし、なぜかポカンと口を開けながら……。

「あおい！　まだお母さんにメールしてないの！」

澪がびっくり顔で肩に手を乗せてくる。

「えっ？」

「えっ？　じゃないよ。そんなの、みんなもうとっくにしてるよ」

「ええっ⁉」

「いや、まさかしてないとは思わなかった」

武志も呆れ顔だ。

純也は首を振ってため息なんかついている。

「教室にいる時に、少なくともクラスにいた全員が試してる。返事はあったりなかったりだったな。どちらにしろこんな状況じゃ、親だって警察を頼るしかないんじゃないか」

たしかに言われてみればそのとおりだ。いくら大人だって、一般人がゾンビに勝てないのは先生たちを見れば明らかだから。

「だけど、メールできるなら親に無事な報告はしといたほうがいい」

そう言われ、またしても今さらながらに気づく。

お母さんは無事だろうか……。

今まで自分のことに精一杯すぎて考えられなかった。

お父さんは市外に勤めているから安全だと思うけど、お母さんは家にいるはず。

私はスマホを取ろうと胸ポケットに手を伸ばした。

けど……あれ？

……何も入っていない。

床を遠くまで見回しても、それらしいものは一つもない。

「スマホ、落としちゃったみたい……」

また呆れられるかと思ったけど、今度はそうでもなかった。

「澪なんて、慌ててたから教室に置いてきちゃった」

「俺もなくした」

と、澪と純也。

「わ、私も、足をケガした時に落としたみたい、です」

「小百合まで、気をつかってるのか〝落とすのは変じゃない〟と遠回しに言ってくれている。

私は、いつからこんなにドジになったのだろう……。

親のメールアドレスを暗記していない以上は、武志のスマホを借りても安否確認はできない。

お母さん……。

すると、

「きっと大丈夫よ」

「……セン、パイ」

「私たちが生きてるんだもの。私たちを育てた親は、私たちより賢いわ」

そう言って紫音先輩が慰めてくれた。

きっと、不安が顔に出ていたんだろうな。

「今は、自分のことを考えましょう。死んでしまったら、無事なはずのご両親が悲しむわ」

「……はい」

そうだ。お母さんはきっと無事なはず。

そう、信じるしかない。

それより、いま考えるべきことは〝私たちが〟これからどうするかだ。

どうやって生き延びるかだ。

「私は市外へ避難しようと思うの」

紫音先輩が話を切り出した。

「ここにいても、助けは来ないと思うから」

「でも、あのゾンビの中をどうやって進むんですか？　教室から見たけど学校の外も
おそらくは同じですよ」

「そうね。だけど、ここに立てこもるのは三日が限界よ。食料もないし、水の確保も

難しいわ。その間もゾンビは増える一方で、私たちは衰弱していく」

「それに浦高市中が混乱しているならなおさら、ここへピンポイントでの救助なんて期待できそうもない、か」

武志が顎に手を当てて、先輩の言葉を受ける。

難しい……。

現時点では、鍵をかけておけば体育館は安全地帯。

万が一助けが来るのであれば、ここで待ちたい。

けど助けが来ない場合、ここにいるということは〝ただ死を待つ〟という愚行に他ならない。

正直、私にはどっちが正しいかなんてわからない。

どう行動するかが、みんなの生死を決めることになってしまうから……。

だから、ずるいとは思いながらも武志の結論に従おうと思った。

いつも冷静な武志の決断に。

澪と小百合も同じ考えなのか、紫音先輩と武志をじっと見つめている。

純也は、武志を信頼してるから任せるって感じだろうか。

しばらく考え込んだあと、武志が口を開いた。

「仮に市外に向かうとして、何か方法はあるんですか?」

「私の見立てでは、ゾンビは音に反応するけど、視力はほとんどないんじゃないかしら……。だから、必要なのは近づかれても静かに行動をすること。そして……」

そこまで言うと、紫音先輩は私と純也に視線を向けて、

「戦力」

と妖艶な笑みを浮かべるのだった。

「ちょっと、待ってください。先輩！」

「この中でこれを扱えるのは、私とあおいさんしかいないわ」

「でも……」

「素人では、まっすぐ飛ばすことも困難よ」

紫音先輩は、ステージ横に置いてあったあるものを、私の胸にグイッと押し当てて渡した。

全長約二メートル。

しなやかで美しいフォルムのそれは、私が興味本位で始めた部活――弓道に使う弓だった。

「最近、部活にはあまり顔を出してはいなかったけど、センスはあるんだし、あおいさんにならできるわ。他の道具はここに入っているから」

ボスン、と置かれた大きなバッグの中には、大量の矢と矢筒、手を保護する手袋状

の〝ゆがけ〟が入っていた。

最初からゾンビと戦うつもりだったのか、先輩は体育館に来る前、これを取りに行っていたらしい。

私が受け取ったのは予備の弓だ。

「あとはあなた」

先輩は次に純也に話しかける。

「純也くんは、たしか剣道部よね」

「ああ」

「竹刀か木刀があれば、戦えるかしら？」

「……まあ、木刀があるなら」

純也が答えると、紫音先輩は武志に向き直り、「どうかしら」と反応を待つ。

それを受けて武志は「なるほど」と頷き、私たちに説明するように話し始めた。

「ようするに先輩の言う方法とは、〝静かに移動して、もしもの場合は戦う〟。それだけですか」

「そうよ」

「たしかに先輩が言うように、ゾンビは目が見えずに音を頼りにしているのであれば、その方法も可能かもしれません」

ゾンビはおそらく目が見えないというのは、私も経験上、正しいと思う。

「先輩の弓はかなりの腕前だと聞いたことがありますし、純也もバカ力で剣道もうまい。あおいも運動神経は悪くないから二人のフォローぐらいはできるでしょう。――だけど」

「だけど？」

「圧倒的に戦力不足です」

途中まで先輩に同調するような口振りだったが、急に反対意見に変わった。

「あんな大勢のゾンビの中を、それだけの力で進むには無理があります。運よく学校を出られたとしても、体力には限界があります。その先、浦高市内がどうなってるのか予測もできない以上、せめて先輩クラスの実力者があと二人は必要です。でなきゃ最低限の安全確保もできませんよ」

武志は一気に言いきると、はあ～と息をついて肩を落とした。

きっと、自分で言っておきながら希望の芽を摘んだことが悔しいのだろう。

しかし、真っ向から否定された先輩はといえば、

「あら……。あなた賢いのね」

と反論するどころか、「それも立派な戦力ね」と妙に納得していた。

「あなたの言うとおり、このままでは戦力不足は否めないわね。でも、私は武器を調

達したあと、ある人を捜そうとしていたの。その人と市外を目指すつもりだった。その前に偶然あなたたちに会ったのよね」

「ある人、ですか？」

「そう。私なんか足下にも及ばないこの学校の最高戦力」

なんだかさっきから軍隊みたいな話になってきてるけど、この際それは置いておいて、私は澪と顔を見合わせてお互い首を捻る。

先輩は弓道の大会で常に全国上位で、見てのとおり肝も据わっている。純也は小学校の頃からケンカは負け知らずだし、剣道も相当強い。

その二人より強いっていったい……？

「それってまさか！」

考えを巡らせていると意外なところから声が上がった。

今まで口を挟まなかった純也がガバッと立ち上がる。

紫音先輩は、

「そう。いつも何を考えているのかはよくわからないけど、純也くんもよく知っているとにかく強〜い人」

と、いたずらっぽく微笑んだ。

そして、二人はもったいぶるように妙に納得して、その人物の名前を同時に口にするのだった。

「雅さんか！」

「雅くんよ」


三年A組、柏木雅。

六月生まれ、身長一七九センチ、体重六十五キロ。

趣味、特技ともに剣道。黒髪、気取りのないイケメンで成績は中の上。

保健室の前で私をゾンビから助けてくれた人。

柏木先輩についてびっくりしたことは三つ。

まず、そのプロフィールを澪と小百合が言ってのけたこと。

ちょっとした有名人どころか一、二年女子の間では結構な人気らしい。

そして、およそ敬意とは無縁の純也が〝さんづけ〟で呼んだこと。

熊みたいな柔道部の顧問にすらタメ口で、『弱い奴は尊敬なんかできねえ』が持論の純也が珍しく自分より強いこともあっさりと認めている。

最後は武志。これが一番びっくりだった。

「柏木先輩って……あの、人殺しの……？」

と、とんでもないことを言い出したのだ。

「えっ⁉」

「……ひと、ごろし？」

これについては澪も小百合も私と同じで驚いていた。

「サッカー部の先輩が言ってたのを聞いたんだ。俺たちが入学する前、先輩たちが一年生の時……」

武志はそこまで言うと、紫音先輩をチラリとうかがう。

「事故よ」

先輩はちょっと困り顔で小さくため息をついた。

「剣道の試合中、雅くんが放った突きが相手の喉に刺さって……。当たりどころが悪かったのね。彼はそんな危険人物じゃないわ」

その言葉に純也も大きく頷いている。

噂《うわさ》にはおひれがつきものだけど、まさか事故が殺人呼ばわりされているなんてなんだか気の毒な話だ。

武志も二人の態度を見て納得したらしく、

「それで、その柏木先輩は今どこに？」

と話を進める。

けど、

「それが、三限目までは教室にいたんだけど、四限目から見当たらないのよ」

先輩はさらに目尻を下げて困り顔になる。

「あの――」

そこで私は保健室で目覚めてから教室に戻るまでのことを初めてみんなに話した。

まさかそれが、みんなが行動に移るきっかけになるとは思わなかったけど……。

「それじゃあ、雅くんは教室に戻ったのね」

「はい」

「行き違いか……」

先輩は一瞬残念そうにしたあと、唇に指を当てて考え込み、

「捜しに行ってくるわ」

と愛用の弓を手に持ち、矢筒を肩に背負った。

「私が戻るまでに、一緒に脱出するかここに残るか決めておいてね」

「えっ⁉ センパイ？」

言うが早いか、紫音先輩は小扉のほうへと歩いていき、ゆっくりとドアを開け外を確認する。

すると、

「俺も部室に行って武器を取ってくるわ」

と純也もそれに続き、

「おい！　純也、待て！　——みんな、一人ひとりこのあとどうするべきか考えておいてくれ。澪、俺も行ってくる」

と武志まで。

「た、武志⁉」

急な展開に、私と澪と小百合が止める間もないまま、

「あおいさん、鍵かけておいてね」

という声とともに扉は静かに閉まっていくのだった。

静まり返った広い体育館に、取り残されたような重苦しい空気が流れる。

さっきまではたいして感じていなかった密閉された室内のうだるような暑さが、やけに体にまとわりついてきて、湿ったブラウスを肌に張りつかせる。

私たちはしばらくあ然としたあと、先輩や武志に言われたとおりどうすべきなのか考えることにした。

残されたのは、あたかも命に関わる選択を人任せにしようとしていたことを咎《とが》められているような、そんな気がしたから……。

「……澪は、ここで助けを待ちたいな」

「わ、私も、足が痛いから、できればそうしたいです……」

澪と小百合が本音をぽろっとこぼす。

「私も、これでゾンビを倒せる自信なんてないよ」

渡された弓の弦をピンと弾いてみる。

紫音先輩のものだけあって、通常のものより太い弦が使われている。これは弓の威力が強いことを示す分、それを引く人の力も必要とされることを意味する。

「でも……」

先輩の言うとおり、ここにいても救助は来ない気がする。

それは二人にもわかっているらしく、

「逃げるしかないのかな」

「歩けるかな……」

思考は市外へ避難する、というか、そうせざるを得ないと切り替わっていった。

泣き言を言いたいのは山々だけど、純也たちは自分で決めて行動している。

私たちも……何かあった時に人のせいにしないためにも、ただ流されるんじゃなくて自分のことは自分で決めるべきなのかもしれない。

——いや、きっとそうするべきなんだ。

そう思うと、妙に頭がクリアになってきた。

吹っ切れたというか、靄《もや》がかかった視界が開けたようなそんな気分。

最初から答えは一つしかないのだから。

「がんばって、やってみるしかない、かな」

「うん」

「そうですね」

みんなで無事に浦高市から避難する。そのためにはできることをしよう！

覚悟を決めると、スッキリとしてテンションが上がってくる。

「それにしても武志の奴、澪がなんにも答えてないのに、さっさと出ていっちゃうとかありえないよね。あとでお説教してやる」

「そうですよね。純也くんだって武器も持たずに行っちゃって、探せば体育館にもモップとかあるのに無鉄砲ですよね」

「ほんとそうだね。でも、鉄砲といえばゾンビ映画って普通、銃で戦ってるよね」

「あっ！　澪もそれ思った！」

「なのに私たち、木の棒と弓って、なんか……」

「原始人みたいですね」

くだらない会話なんだけど、三人で声を上げて笑った。笑うと、なんだか大丈夫な気がしてくる。

それからは会話に花が咲いちゃって、気づいたら純也と武志が戻ってきた。

「みんなどうした？　ニコニコして」

「恐怖でおかしくなったか」

木刀片手に体育館に入ってきた二人は笑顔の私たちを見てキョトンとしていた。

市外へ避難する覚悟ができたことを話すと、武志は「そうか」と頷き、純也は「ま、それしかねえよな」と遊びにでも行くような軽いノリで答える。やはり二人も、ここから逃げることを考えていたらしい。

全員の意思が固まったところで、さっそく武志が、

「じゃあ、紫音先輩と合流しよう」

と、みんなを見回す。

「見てきた限りでは、ここから部室棟沿いに進めばゾンビはほとんどいなかった」

校舎と体育館を挟んで右側に部室棟、左側に校庭がある。校庭はゾンビだらけだけど、授業中に人のいない裏側はまだ安全なようだ。

「移動するなら早いほうがいい」

「そうだね」

「うん」

さっそく矢筒を肩に斜めがけにして、ゆがけをつけた右手に矢を一本握った。

左手にはもちろん弓。弓を引けばいつでも矢を射出できる状態にした。

予備の矢が入ったバッグを澪に預けていると、小百合の前に背中を向けた純也が屈み込んだ。

「えっと、あの……」

「まだ、足痛いんだろ」

「はい。……でも」

「早くしろ。置いていくぞ！」

小百合は戸惑っていたけど、厳しい口調で一喝されて純也の首に手を回す。

「ちょっと純也！　女の子にはもっと優しくしなさいよね」

見かねた澪がたしなめると、「うるせっ」とそっぽを向く。

純也らしい態度なんだけど、澪は頬を膨らませて、

「まったく、そんなんだから彼女ができないのよ。脳筋ゴリラ」

と、しばらく言い続けていた。

そんないつもどおりのやりとりに、武志と私は「ぷぷっ」と小さく吹いてしまった。

大丈夫。

明日も明後日も来年も、こうして笑い合える。

この時は本気でそう思えた。

「行こう」

準備が整うと武志の号令で体育館を出た。

太陽は眩しかったけど、密閉された空間より暑さは感じなかった。

武志を先頭にゆっくりと音を立てずに進み、体育館と校舎の間にある渡り廊下の横に差しかかる。

さっき私が気絶して、幸希とはぐれた場所……。

だけど、誰もそのことに触れようとはしなかった。私も今はそのことを考えたくはなかった。

渡り廊下には十体ほどのゾンビがうろついていたけど、こちらを向いても襲いかかっては来ない。

少し離れて音を立てずに進むと、気づかれずに校舎裏まであっさりたどりつくことができた。

今までは憶測でしかなかったけど、これでゾンビはほとんど目が見えないことが確定した。

ほっと胸を撫《な》でおろしていると、少し先に紫音先輩の姿が見えた。

隠れるでもなく、じっと校舎を見上げている。

何をしているのだろう？

近寄りながら、先輩の目線をたどっていく。

と——。

バリンッ！

教室の窓ガラスが勢いよく弾け飛び、四階から何かが降ってきた。

「ゾンビだ！」

純也が声を上げたのと、紫音先輩がさっとどいたのはほぼ同時。

間一髪、無表情なゾンビは先輩の真横でグシャッと地面に激突した。

手足が、あさっての方向にねじ曲がっている。

「紫音先輩！」

慌てて駆け寄ろうとすると、

「みんな離れて！」

先輩が鋭く言い放つ。

そして次の瞬間——。

「……うそっ」

……人が宙を舞った。

高さにして十メートルはある四階から誰かが飛び降りたのだ。

「きゃあっ！」

「危ない！」

澪が私の腕にすがりつく。

けど、私の目はその人物に釘づけになっていた。

だって、その人はアクション映画さながらに、持っていた木刀を三階、二階と窓に突き刺し、落下の勢いを殺して見事に地面に着地してみせたのだ。

しかも、あとを追うように落下してきた三体のゾンビを立ち上がりざまに一閃《いっせん》するというおまけつきで。

最後のゾンビを打ち払うと、ボキッと音を立てて木刀がへし折れてしまう。

だけど、その人はさして気にした様子もなく、それを捨てゆっくりと顔を上げた。

それは、白いシャツを血で真っ赤に染めた、黒髪と底の知れない深い瞳《ひとみ》の持ち主。

最高戦力と言われる捜していた先輩。

——柏木雅。その人だった。

「珍しく派手な登場ね」

「相変わらず人間技じゃないっすね」

紫音先輩はクスッと笑みをこぼし、純也は羨望《せんぼう》の眼差《まなざ》しを送って、他のみんなは呆然として、柏木先輩を迎え入れる。

当の先輩は、「いや、死ぬかと思ったよ」と口では言いながらも表情は眉《まゆ》一つ動かさないポーカーフェイス。

「雅くん。さっそくだけど、一緒に避難しましょう」

「市外へ?」

「ええ。ここにいても助けは来ないわ」

「……そうだね」

柏木先輩はあっさりと了承したあと、遠い目をして校舎を見上げた。

四階の割れた窓を、生徒のゾンビがふらふらと横切っていく。

教室に戻った先輩の身に何かがあったのだろう……。

私も柏木先輩と階段で別れてから大変だった。

あれから数時間しかたっていないのがうそみたいだ。

表情からは読み取れないけど、きっと先輩も厳しい現実に直面したのだろう。窓から飛び降りたことを考えれば、容易に想像がつく。

「紫音……」

「なあに?」

「上に残っていたクラスメイトは、……みんな死んだよ」

「……そう」

一陣の風が吹き抜けて、先輩二人のサラサラな黒髪をさっと撫でていく。

声が小さくて会話はよく聞き取れなかったけど、佇《たたず》む二人は絵画のようにとてもきれいで、私は場違いだとはわかっていながらも、ただぼんやりと見とれてしまった。

ふと、柏木先輩と目が合う。

「君は……」

見とれていたせいか、その、ちょっぴり陰がある瞳で見つめられると、なぜだかドキドキとしてしまい、

「あうっ」

変な声が漏れてしまった。

「無事でよかった」

「あ、その、えっと……さっきは、助けてくれてありがとうございます」

なんとか取り繕ってお礼を言うと、隣にいる澪がニヤニヤと私を見上げてきた。

「な、何？」

「ふ～ん……」

「えっ、何よ」

「べ～つに～」

「ちょ、ちょっと！　なんなのよ、もうっ！」

睨みつけてやると、澪はクスクス笑いながら武志の元まで逃げてしまった。

そんなに私の声、おかしかったのかな。

「みんな、いいかしら」

そこで、紫音先輩が私たちに向き直って、ちょうど輪の形になる。

私はすぐに頭を切り替えた。

「みんなもここまで来たってことは、一緒に避難するってことでいいわね」

全員が頷く。

もう誰も迷ってはいない。

「まずは、学校を出る方法なんだけど、正攻法でいいかしら」

「正攻法、ですか？」

よくわからずに聞き返すと、一人だけ意味がわかったらしい武志が、

「本気ですか」

と、青い顔になる。

すぐにその驚きがなんなのかは私たちにも理解できた。

そのあと、先輩がさらっとものすごいことを言ってのけたから。

「正面突破よ」

……と。

「……あのう、センパイ……。本当に大丈夫なんですか」

澪が心配そうに言葉を投げかけると、紫音先輩は返事の代わりに澪の頭を優しく撫でる。

私たちは校舎の裏を回って、校門が見える位置で息をひそめていた。

正攻法。

すなわち、正面から学校を出るのだ。

ここまでは問題なく移動することができた。

だけど、ここからが一番の難所。

隠れる場所がない校舎から校門までのおよそ一〇〇メートル。

校庭ほどではないが、死体が転がりゾンビがうごめく道を、気づかれずに進むなんて本当に可能なのだろうか……。

門の向こう側にゾンビの姿は見えないから、出て門を閉じてしまえば一時でもゾンビに追われることはなくなる。多くのゾンビを学校に閉じこめることにもなる。

『隊形《フォーメーション》を整えれば可能なはずよ』

というのが紫音先輩の見解。

隊形は、先頭に柏木先輩、校庭がある左側に純也、ほとんどゾンビのいない右側に私、その間にバッグを持った澪と小百合を背負った武志、最後尾に紫音先輩。

武志は持っていた木刀を柏木先輩に渡して、純也が戦えるように小百合を背負うことになった。

進軍方法は、矢を放って進行方向から少しそれた位置にいるゾンビを倒す。倒れる音に付近のゾンビが反応している隙《すき》に、息を殺してその横を通りすぎるというもの。

二人の先輩が確認し合って教えてくれたが、頭を、おそらくは脳を破壊するとゾンビは動かなくなるということだった。

「行くわよ」

紫音先輩が弓を引き絞り、狙《ねら》いを定める。

ヒュン、と小気味よく風を切った矢は、大柄なゾンビの眉間《みけん》に突き刺さった。

ゾンビは弾かれたように後方に仰け反り、バタンと音を立てて倒れ込む。

近くにいたゾンビがその音につられ、正面に道ができた。

間髪入れずに柏木先輩が歩き出し、私たちはそのあとに続く。

もうあと戻りはできない……。

だけど、静かに無音で歩こうとすると思いのほか速度が上がらない。

内臓のはみ出した死体を直視しないように避け、小石一つに神経を使っていると、ゆっくりふらついているゾンビの動きですら機敏に思えてくる。

まだ十メートルも進んでいないのに、先輩が早くも次の矢を射る。

再びゾンビが倒れ、そこに他のゾンビが群がる。

けど、何もないことがわかると、すぐにまた四方に散ってしまう。

前方にはまだ、二十体くらいのゾンビがさまよっている。

進むにつれて、後方もゾンビに塞がれつつあった。きっと上空から見たら、私たちはゾンビに囲まれて立ち往生しているように見えることだろう。

張りつめた空気に、気だけが焦ってしまい、走り出したい衝動にかられる。

そんな時だった。

女子生徒の死体を跨《また》いだ武志の体がガクッと傾き、地面に膝を落としたのは。

「うわっ！」

「きゃあ！」

かろうじて小百合はしがみつき、転倒もまぬがれた。

でも、声を出してしまった。

しかも、横たわっていた死体の手が武志の足首をしっかりと握っていたのだ。

うつ伏せで倒れていて、勝手に死んでいると思い込んでいた。

よく見るとそれは、死体ではなくゾンビだったのだ。

途端にまわりにいたゾンビが、こちらへと向きを変えた。

空気が一気に緊張で張りつめていく。

うそ……でしょ……。

「ガ……ア……ア」

呻きを漏らした血まみれの動く死体たちが、一斉に四方から襲いかかってきた。

チッと舌打ちをして、純也が武志の足を掴む女子生徒ゾンビの腕と頭に木刀を振りおろす。

グシャッ、ボキッと鈍い音がして武志の足から手が離れた。

「みんな走って！」

誰かが叫んだ。

すぐに澪と武志が走り出したのが、目の端に映る。

私も声に体が勝手に反応して、そのあとに続くことができた。

絶望してしまい気を失った時とは違う。生きようとしている。

伸びてきた腕を避けきれず掴まれたけど、強引にそれを振り払う。足が何かを踏んづけたけど、立ち止まらずに、とにかく走った。

すぐに包囲されて身動きが取れなくなってもおかしくない状況なのに、私たちは全力に近い速度で走ることができている。

それは、先頭の柏木先輩が走りながら、最小の動きでゾンビをなぎ倒しながら進んでいるから。

それに、校庭から迫りくるゾンビは純也が力で弾《はじ》き飛ばしている。

その純也に噛みつこうとしたゾンビは、後方から飛んできた矢で頭から吹き飛んでいった。

振り返ることはできないけど、もちろん紫音先輩だ。

みんな、すごい……。

これなら、校門にたどりつける。

止めどなく流れる汗もそのままに走る。

もう少しだ。

門は目の前。

あとちょっとで学校を抜け出せ――えっ⁉

「きゃあっ！」

短い悲鳴。

もう少しと言うところで、前を走っていた澪が何かにつまずいてしまった。

疾走の勢いそのままに、豪快に頭からダイブし、地面に体を打ちつけながら転がっていく。

私はすぐに止まることができず、いったん通り越してから体の向きを変えた。

後方からは、すごい数のゾンビが追いかけてきている。

だけど、――澪！

考えてる暇はない。

震えそうになる足を叱咤《しった》して、急いで引き返した。

「澪！　しっかりして！」

傍らに膝をつき、肩を揺する。

「……うっ……い、たい……」

苦痛に顔を歪めてはいるけど意識はある。

「ち、力が……入らな……い」

「大丈夫。私が運んでい――」

その時だった。

「あおいさん後ろっ！」

私の言葉を遮り、紫音先輩の声が耳に響いた。

私は反射的に弓を引き絞り、振り返った。

目の前には髪を振り乱し、はだけた胸元がえぐれている女子生徒のゾンビ。

すぐに矢を射なくては殺される。

だけど……。

だけど、私は気づいてしまった……。

それが、

「……明美」

三階の廊下で、親友の小百合を見捨てて、一人逃げてしまったクラスメイトの明美だということに。

きっとあのあと、東階段をおりてゾンビに襲われたのだ。

私は死にたくはない。

でも、さっきまで普通に小百合と笑い合っていた、生きていたクラスメイトの頭を射抜くなんて……。

時間にしたら、ほんの数秒だったかもしれない。

私は固まって動けなくなってしまった。

明美の、血管の異様に浮き出た腕が伸びてくる。

その白く濁った瞳には、いったい何が映っているのだろう……。

「射って！　――あおいちゃん、死んじゃダメ！」

「⁉」

戸惑う私を救ってくれたのは、そんな悲痛な叫びだった。

それは、うずくまる澪でもなく、紫音先輩のよく通る声でもなく、いつも大人しくて叫び声なんかとは誰よりも無縁な存在。

明美の親友、小百合のものだった。
勝手な思い込みだと思う。だけど……、許された気がした。
私は目を瞑《つむ》り、すでに数十センチの距離に迫っていた明美の顔に向けて矢を放った。
矢は口の中へと吸い込まれていく。
ドスッと骨の砕ける不快音。
頬を濡らす鮮血。
目を開けると、明美は仰向けに倒れていた。
「澪はまかせろ！」
すぐさま駆けつけてくれた純也が、澪を背負っていく。
そして私には、
「さあ、こっちだ！」
前にいたはずの柏木先輩が、戻ってきて手を差し伸べてくれた。
すぐに動けなかった私はその手を反射的に掴むと、立ち上がらせてもらった。
「行こう！」
そうだ。ボケッとしている場合じゃない。
私は、ゾンビなんかになりたくない！
明美のことを頭から振り払って、足を前に出す。

だけど、立ち止まっていたせいで、すぐにゾンビに追いつかれてしまう。

門はすぐそこなのに！

すると、

「そのまま走って。一分時間をかせぐ」

柏木先輩は一人、迫りくる死人たちに切りかかっていった。

肩で息をして、かなり呼吸が苦しそうなのに、私たちを逃がすために。

「……先輩」

そんなに疲れていたら、いくら強い先輩だって、一分も持つかはわからない。

とにかく逃げなくちゃ。

私は全力で走り、純也に続いて校門の外に出た。

待っていたように、ガラガラと門が閉じていく。

「紫音先輩！　柏木先輩がまだ中に！」

「問題ないわ――雅くん！」

私を目で制して紫音先輩が呼びかけると、ほとんど囲まれかけていた柏木先輩は、バックステップを踏みながら一番近くのゾンビの脳天を一撃し、こちらへ向かって走り出した。

が、相当体力を消耗したらしく、その足の回転は見るからに遅い。

真後ろをゾンビの群が追いすがってくる。

門まであと数メートル。

先頭のゾンビの手が背中に触れる——かに見えた瞬間。

トン！

柏木先輩は軽く地面を蹴った。

そして、ふわっと浮いたかと思うと片手で門の上部を掴み、二メートルはある校門を軽々と飛び越えてみせた。

直後に、目標を失ったゾンビたちが鉄製の門に激突していく。

痛みを感じないであろうゾンビは、それでも指をへし折りながら、門の隙間から手を突き出してくる。

まるで、そうすれば届くといわんばかりに、多くの血に染まった手が虚空をもがき続ける。

……だけど、そこまでだった。

固い門に阻まれ、それが私たちに届くことはなかった。

私たちは学校から脱出できたのだった。

欲望
—ヨクボウ—

学校を出てしばらく慎重に進み、人気のない路地裏に入ると、地面に足を投げ出して休憩をとった。

みんな汗だくで、民家のブロック塀に寄りかかり、純也なんかは道路に大の字で寝転がっていた。

まだ、学校を出られただけなのにすごく疲れた。

だけど、誰一人として沈んだ顔はしていなかった。

「脱出成功ね」

早々に息を整えた紫音先輩が口を開くと、

「ハハッ。なんとかなるもんだな」

純也が荒く息を吐きながらも達成感からか、うれしそうに答えている。

私はやっと呼吸が整って、隣にいる澪に声をかけた。

「大丈夫？」

「い〜たぁい〜」

顔をしかめてはいるけど、受け答えはいつもの澪だ。

あんなに派手に転んだけど重傷ではなくてよかった。

ただ、露出した部分、とくに肘《ひじ》や膝に大きなすり傷があって、地味に痛そうだった。

武志が甲斐甲斐《かいがい》しく膝をハンカチで押さえてあげている。

「あおい～」

「ん？」

「助けてくれてありがとう。澪……死んじゃうかと思った」

澪はクリクリの瞳をうるうるさせている。

可愛くて思わずぎゅって抱きしめてしまった。

武志が彼氏の鑑《かがみ》なら澪は私にとって癒《いや》しの鑑だ。

「あおい～……、ぐるじいよ～」

「あっ、ごめん」

思わず力が入ってしまった。

そんな私たちを見て、澪の横にいた小百合が「フフッ」っと目尻を下げていた。

「……小百合」

明美のこと……。

私は小百合の親友だった明美を弓で射てしまったのだ。

なんて言えばいいのだろう……。

もし、誰かが澪に同じことをしたら私なら許せない気がする。たとえゾンビになったとしても澪は澪だから……。

そんなことを考えているのが顔に出てしまっていたのかな。

小百合は首を小さく横に振って、

「あおいちゃん、無事でよかった」

と、微笑《ほほえ》んでくれた。

その目は、何も言わなくていい。そう言ってくれていた。

私は無言で頷いて、小百合もぎゅっと抱きしめる。

なんだか、ゾンビが現れてから、女同士で抱きしめ合ってばかりだ。

でも、こうすると想いが直接体から伝わる気がして、そして同時に安心もするから。

「それじゃあ、みんな。そろそろ移動しましょうか」

紫音先輩が立ち上がり、澪が意地でも離さなかったバッグから空の矢筒へ矢を補充する。

「どっち方面へ行くんですか」

と武志。

そういえば、まだ話し合っていなかった。

面積の半分以上が埋め立て地で、外周は海と川で囲まれている浦高市。

この町から出るには船で海に出るか、二つある橋のうちどちらかを渡る必要があるのだ。

船なんてないし操縦もできないから、必然的に向かう先は橋ということになる。

一つは同じC県に属する伊知川市《いちかわ》につながる伊知川大橋。もう一つはT県に渡る浦高橋。

私たちの学校は海に近い埋め立て地にあって、どちらに行くにも同じぐらいの距離がある。

「そうねえ……武志くんならどっちへ進む？」

質問を質問で返された武志は、なぜか私にチラッと視線を向けてから、

「浦高橋」

と、答えた。

それを聞いて私は思わず「あっ！」と声を漏らしていた。

ここから浦高橋方面には私の家があるのだ。

もしかして武志は、唯一親の安否確認ができていない私のために？

武志を見ると、肯定するようにニコッと笑みを見せた。

私も、ありがとうの意味を込めて微笑み返すと、それを見た澪が、

「な～んで、あおいと見つめ合ってんのよ！」

と、武志の頬をつねり出す。

一瞬、フォローしようかとも思ったけど、まあ、なんだかんだ言ってイチャついているだけだから放っておくことにした。

「みんなも浦高橋でいいかしら」

そんな二人はさておき、紫音先輩がまとめようとしたところで、

「僕の家へ行こう」

と、柏木先輩が意外な提案をする。

「もうすぐ暗くなる。夜の移動は危険だ」

言われてみれば陽が西に傾き始めていた。

明るいうちなら、目の悪いゾンビになんとか対抗もできたけど、暗くなれば私たちは極端に不利になる。

暗闇では全力で走ることもできないし、この先町の中がどうなっているかもわからないのだ。

本音はすぐに避難したい。だけど、考えればそれは現実的ではなかった。

それに闇とゾンビ……。想像しただけで寒気がしてきた。

「……たしかにそうね。ケガ人もいることだし。——みんなはどう?」

「賛成です。正直、体力が限界です」

まだ、澪にほっぺたを引っ張られながら武志が賛同する。

「腹も減ったな」

と純也。

小百合も澪も頷いている。私もゆっくり休めるのなら異論はない。

結局全員一致で、近くにあるという柏木先輩の家に向かうことになった。

しばらくは、静まり返った裏路地を進んだ。

途中、三体のゾンビに遭遇したけど、危なげなく柏木先輩が倒してくれた。

このまま行けば、楽に先輩の家にたどりつける。

そう思ったのに……そんな私の甘い考えはすぐに打ち砕かれてしまった。

大通りに差しかかったところで、本当の意味でのこの町の惨状を目の当たりにしたから。

「ひでえな……」

「……そんな」

片側三車線の道路、歩道、民家、商店。いたるところで車が衝突、大破していた。

赤々と炎を上げているものもある。

路上には、車に轢《ひ》かれたのかゾンビに喰われたのか判別のつかないグチャグチャの死体があちこちに転がっていた。

そして……。

「みんな動かないで！」

紫音先輩の声で、息を殺す。

当然のことながら、そこにはこの非常事態の原因、ゾンビもいるということになる。

近くを大柄な男性のゾンビが通りすぎていく。

見渡せば、大通り沿いはずっと先まで、右にも左にも多くのゾンビがふらふらとさまよっていた。

「ここを、渡るの？」

澪が柏木先輩を見上げる。

「迂回《うかい》しても、この道につながってるからね」

「また、学校の時みたいに？」

さっき転んだ校舎から校門なんかよりも障害物が多い場所を渡ると聞いて、澪の顔がみるみる青ざめていく。

すると、柏木先輩は、

「今回は、最初から僕が囮《おとり》になるよ」

と、こともなげに言ってのけたのだった。

囮って……、さっきだって死ぬところだったのに……。

私はキョトンとする澪を押しのけて先輩の前に進み出ていた。

「待ってください！　そんなのダメです！」

「どうして？」

「だって、先輩ばっかりそんなこと……」

「リスクを考えれば、それが一番低いからね」

「それは……」

うまく否定できないでいると、柏木先輩はじっと私を見据えてくる。

まるで信用しろ、と言っているみたいに。

だけどリスクが低いって……、全体ではそうかもしれないけど、柏木先輩個人のリスクは極端に高くなるのに……。

いくら強くても、そんなの何か間違っている気がする。

「雅くん、本気？」

紫音先輩が止めるでもなく、確認している。

私は助けを求めるように武志に視線を向けた。

けど。

「もうすぐ陽が暮れる。暗くなれば危険が増す以上、今はより早く進める方法をとるしかない。他に策があるなら別だけど」

そう言われてしまえば、反論のしようもない。

だけど、なんだかモヤモヤする。きれい事かもしれないけど、最初から誰かを囮にして逃げるなんてなんか嫌だ。

私が言い返せずにムスッとしていると、大きな手が肩に触れた。

「心配すんな。俺も囮になる」

「……純也?」

「大丈夫だ。俺は強い。雅さんはもっと強い」

「……バカ……そんなこと、わかってる。私が言いたいのは――」

「ああ〜、わかったわかった。そんじゃあ、先輩の家についたら、お返しにうまいもの作ってくれ。適材適……ん〜、なんとかってやつだ」

純也はそう言うと、私に背を向けて先輩二人と言葉をかわしながら先に大通りへと向かってしまう。

「まったく、何が適材適所よ! 言えてないし!」

「……あおい」

ぶつぶつ言ってたら、澪が心配そうに近寄ってきた。

「怒ってるの?」

「お、怒ってないよ。他に方法がないんだから仕方ないし」

ただ……私は子供だから、うまく納得ができないだけだ。

その証拠に、

「みんな。ここはあの二人に任せましょう」

紫音先輩は、ちゃんと現実を見据えている。

みんなもそう……。

駄々をこねているのは私だけ。

私は、澪を心配させないように笑顔を作ってから、大通りに足を踏み入れた。

空にはオレンジが溢れ、太陽は沈みかけていた。


「おらあっ！　かかってこい！」

三十メートルほど離れた場所。

バンパーのへこんだ車の上で、仁王立ちした純也が雄叫びを上げる。

……まったく。

いくらゾンビを引きつけるって言っても騒ぎすぎだ。

案の定、私たちの近くにいたゾンビだけじゃなく、遠くにいたゾンビまで引き寄せられている。

「……あの、バカ」

私と同じことを考えていたのか、武志がボヤいている。

「急ぎましょう。いくらあの二人でも、あの数は無謀だわ」

紫音先輩を先頭に、小百合を背負った武志、澪と続き、最後に私という隊形で進む。

武装した二人で非武装組を挟む形だ。

柏木先輩と純也が音を立ててゾンビと戦い始めたから多少の物音は気にせずに歩けるけど、車や死体を避けてジグザグに、しかも警戒しながらだと、思いのほか速くは進めない。

さらに暗くなり始めたせいもあってか、私と澪は一度ずつ足を滑らせて転んでしまった。

「もうっ！　なんで澪ばっかり」

二度目の尻餅をついて、半べそをかきながら澪がむくれる。

「お尻痛いよ～」

「がんばろう。もう少しだよ」

「あっ、これ見てよ。このせいで滑るんだよ」

澪が上履きを脱いで底をこちらに向けると、べったりと何かが付着していた。

「血、かな……」

「……たぶん」

これでは、転ぶのも当たり前だ。

私と澪はアスファルトに上履きをゴシゴシとこすりつけて、滑らないことを確認した。

そして澪を立ち上がらせ、再び歩き始めようとすると、

「あれ？」

武志たちの姿がない……。

私たちが立ち止まったことに気づかなかったのだろうか。

「うそっ、置いてかれちゃったの！」

「澪、声大きいよ」

「あっ、ごめん」

声のトーンを下げて、進行方向を探すと横転した大型トラックが目に入った。

「あの裏側じゃないかな」

完全な死角になっているのはあそこぐらい。距離はさほど離れていないはずだからきっとそうだ。

「行こう！」

「うん」

その時——ドーンと、まるで見計らったように目指そうと思っていたトラックが爆発炎上した。

「きゃあ！」

「あっ！」

破片が飛び散り熱風が頬をかすめ、もくもくと黒い煙が上がる。

ガソリンタンクに引火したのだ。

「うん。ちょっと熱かったけど」

「澪、平気？」

危なかった。

もう少し近づいていたら、大ヤケドするところだった。

しかし、危機が去ったわけではない。

爆発音を聞きつけたゾンビが、どこからともなく現れ始めたのだ。

もし囲まれたら私たちに突破する術はない。

「どうしよう、あおい」

「とにかく、ここを離れなきゃ」

私と澪は、トラックを大きく迂回して道路の向こう側を目指して走った。みんなとは離れてしまうけど、まずはゾンビだらけの大通りを横断しなくては。

走る音に引き寄せられ何体かのゾンビが追いかけてくる気配がする。

障害物だらけだけど、今転んだら一巻の終わりだ。

心臓が痛いほど早鐘を打つ。

やっと、反対側の歩道が見えてきた。

そこへ、

「お～い！」

と、道路を渡った先、路地の陰から誰かが手招きしているのが見えた。

人がいる！

そこまでの障害物は軽自動車が一台だけだ。

私と澪は顔を見合わせ、その人物の元へと走り抜けた。

そこには、金属バットを手にしたスーツ姿の男の人が立っていた。

「こっちだ！　早く！」

駆け寄ると、その人は開けていたドアの中へと私たちを誘導する。

そこは、交差点の角にある喫茶店の裏口だった。

滑り込むようにして入ると、静かにドアが閉められていく。

男性はしばらく外に聞き耳を立てたあと、「もう、大丈夫だ」と言ってこちらに向き直った。

見た目は平凡な二十代サラリーマン。

「あ、ありがとうございます」

「助かりました」

「いいや、困った時はお互い様だからね」

お礼を言うと男性はそう返事をしながら、なぜか床にぺたりと座り込んだ私と澪を値踏みするように見始めた。

「……あ、あの、何か？」

「い、いや、ケガしてるみたいだと思っただけだよ。向こうで治療しようか。飲み物もあるよ」

飲み物。そう言われると、無性に体が水分を欲していることに気づく。

夕方とはいえ、真夏にあれだけ走り回れば喉はカラカラになって当たり前だ。

「水、もらう？」

「うん、飲みたい」

「ジュースもあるから、さあ入って」

私たちは、男性に促され通路を進み喫茶店のお店の中へと入った。

——だけど、それは軽率な行動だった。

「わぁおっ！　女子高生じゃん！」

中には、もう一人スーツ姿の軽薄そうな男性が待っていた。

テーブルは隅のほうへと移動され、中央には人が横になれる二つ合わせのソファが二組。

その男性は、あからさまに私たちを舐《な》め回すように見て、なぜか私と澪を別のソファに座らせた。

この人たちは、もしかして……。

そう思った時には遅かった。

「俺こっちね」

そう言って、軽薄な男性が澪の肩に手を回した。

「な、何するの！」

澪が慌てて身を引く。

「お〜い、逃げるなよ。表で見ただろ。どうせあの化け物に喰われてみんな死ぬんだ。死ぬ前に気持ちいいことしようぜ〜」

いい大人が、なんて考え方をするのだろう。どうかしている。

「やめてください！」

私が立ち上がると、もう一人の男が前に立ちはだかった。

「どいてください！」

とっさに持っていた矢を弓につがえて構えると、

「大人しくしてろ！　殺すぞ！」

助けてくれたはずの男が豹変した。

金属バットを顔に突きつけて脅してくる。

信じられない。

外にはゾンビが溢れて、大勢の人が死んでいるというのに。

こんな時に、人間に襲われるなんて……。

「いやっ！　離して！」

「おい、暴れんなよ！」

澪がソファに押し倒されるのが目の隅に映った。

恐怖よりも怒りが込み上げてくる。

「本当に射《う》ちますよ！」

「くっ」

頭にきた勢いで怒鳴り声を上げると、目の前の男が一瞬ひるんだ。

その隙に、澪にのしかかる軽薄な男に、私は躊躇《ためら》わずに矢を放った。

「ぐあっ！」

胸部に当たった矢は至近距離から放ったので威力は絶大だ。

軽薄な男が胸を押さえてのたうち回る。

でも、そのせいで目の前の男が逆上し、

「てめえ！」

「――っ!?」

私の腹部に激痛が走った。

みぞおちを金属バットで殴られたのだ。

……苦しい。息が、できない……。

膝をついて倒れた私を仰向けにして男が跨がってきた。

「ふ、ふざけやがって！　黙って犯《や》られてろ！」

……壊れてる。

この男たちは人間じゃない。

抵抗できない私のブラウスを、男が力任せに引っ張り、ボタンが弾け飛ぶ。

「あ、あははははっ！　ざまあみろおおおお！」

「うっ……」

まだ、誰にも触らせたことのない胸が鷲掴《わしづか》みにされる。

痛い……。でも、まだ呼吸もままならない。

「いやあああああっ！」

そこへ、澪の悲鳴がまた響いてきた。

どうして……。

倒したはずの男がまた澪に覆いかぶさっている。

私が射た矢は、たしかに当たったはずなのに。

「ざ～んねんだったなあ、女子高生っ！」

澪を押さえつけながら軽薄な男が、胸ポケットからスマホを取り出した。

画面が壊れている。

矢はあれに当たってケガをせずに済んだのだ。

せめて、澪だけでも。そう思ったのに……。

「一回、嫌がる女とヤッてみたかったんだよ！」

「ふっ、はあはあ、あっははははぁ！」

目を血走らせた男たちは、狂気じみた笑みを浮かべながら私たちのスカートをたくし上げた。

「嫌っ！　やめてっ！」

澪の悲鳴が耳の中で反響する……。

……私も嫌だ。こんな男に……。

上に跨がる男がズボンをおろす。

悔しくて、涙が頬を伝う。

男が荒々しく、私の下着に手をかけた。

誰、か……、誰か……。

「……助け、て」

やっと絞り出した声は、かすれていて自分の耳にすら届かないか細いものだった。

だけど――。

その人はきっと、この声を感じ取ってくれたんだ。

普通ならありえないけど、この時の私は本当にそう思った。

だってその人は、常識をはるかに越える規格外のすごい人だから……。

ガシャーン!と、けたたましい音を立てて入り口のガラス扉が砕け散った。

男たちが慌てて振り返る。

「うおっ!」

「だ、誰だお前は!」

涙で滲《にじ》んでいたけど、現れた人が誰なのかは、すぐにわかった。

「……かし、わぎ、せんぱい」

自然と声が漏れ出る。

先輩は、返事をするように目を細めると、無言で私を見据えた。

この時初めて、その少しだけ細められた瞳の奥に、炎が揺らめいているような感情が垣間《かいま》見《み》えた。

……もしかして、怒ってるの?

「誰だって聞いてんだ、てめえっ!」

「ガキッ！　コラッ！」

男たちが威嚇するが、先輩はまったく意に介さない。

それどころか、

「もう大丈夫だ」

と、その唇からは優しく低い声が奏でられていた。

「チッ！　こいつらの男か！」

「邪魔するなあぁぁ！」

無視されてさらに興奮した男たちが、怒りの形相で先輩に突進していく。

私に跨がっていた男が金属バットを振り上げる。

が、その時には先輩の木刀が男の足を捉えていた。

「うおあぁっ！」

足元をすくわれ、男は前のめりになって勢いよく顔から床に激突していく。

さらに、その隙に間合いをつめていた軽薄な男が、拳《こぶし》を突き出す。

──危ない！

一瞬、ヒヤッとした。

けど、先輩はそれを半身で難なくかわすと、木刀の柄部分をみぞおちに叩き込んでいた。

「が、はっ……」

軽薄な男が、目を見開いて膝から崩れ落ちていく。

あれは相当痛い……。さっき同じことをやられたばかりだから、ちょっと鳥肌が立ってしまった。

「立てるかい？」

「あ、……はい」

先輩が差し伸べてくれた手をしっかりと掴んで、立ち上がると、

「うわあああん！　首舐められたよ～」

澪が私にしがみついてくる。

目を真っ赤に腫らしてはいるけど、この元気なら大丈夫そうだ。

最悪の事態だけはまぬがれた。

「こいつら最低だよ！」

澪が床に這《は》いつくばる男たちをキッと睨みつける。

私はこんな人たち、もう顔も見たくはない。

「先輩、みんなは――」

「――雅さん！　もう限界だ！」

私が言いかけると、壊れた入り口から猛ダッシュで純也が走り込んできた。

一瞬、横たわる男たちに怒りの目を走らせたが、それどころではないらしく、すぐに先輩に向き直る。

「に、逃げよう」

ゼエゼエと全身で息をして、額から大量の汗を滴らせている。

なぜなら、その後ろからは――。

「ガ、ッアアア！」

「……グアッ」

何十体というゾンビの群が、押し寄せてきていたのだ。

ガラスの破片を平気で踏みつけながら店内へと進入してくる。

「他に、出口はっ！」

「こっち！」

私は弓を拾い上げ、急いで裏口へと走った。

店を出る寸前に、私と澪を襲ってきた男たちの悲鳴が、微かに耳をかすめていった。

「おい、これ着とけ」

きれいに筋肉のついた上半身をさらけ出して、純也が自分のシャツを私に差し出してくる。

きっと、はだけたブラウスを気にしてくれているんだ。

「でも、寒くないの？」

「お前らとは鍛え方が違うからな」

「あおい、着ておいたほうがいいよ～。じゃないとさっきから純也が胸ばっかり見てるよ～」

「えっ⁉」

「あっ⁉　あ、ああ、アホかっ！」

澪がからかうと、純也はちょっと顔を赤くしてシャツを押しつけてそっぽを向いてしまう。

そんな目で見てるとは思わないけど、少し寒かったから遠慮なく羽織らせてもらうことにする。

ゾンビを振りきったあと、私たち四人は先輩の家へと向かって静かに歩いていた。

もちろん会話もかなり小声だ。

すでに太陽は沈み、あたりはぼんやりと街灯に照らされているだけで、だいぶ暗くなっていた。

いつもの同じ時間帯より暗く感じるのは、民家の明かりがほとんどついていないせいかもしれない。

大通りのトラックが爆発したあと、純也と先輩は武志たちとはぐれた私と澪を追いかけてきてくれていたのだ。

ゾンビに追われ喫茶店の裏口に入るところを、先輩が遠目ながら確認していたおかげで助かったのだ。

ガラスを割った音で引き寄せられてくるゾンビを、純也が表で引きつけていてくれたらしい。

柏木先輩も純也も、本当に頼もしい。

この短い間に二人がいなければ私は何回死んでいたのだろうか……。

そう考えると、言葉のお礼ぐらいじゃ二人には感謝しきれない気がする。

浦高市を出られたら、何か考えよう。

先導していた柏木先輩が止まった場所は、大きな門の前だった。

中に入ると、手入れの行き届いた庭が広がり、その奥に純和風の二階建て家屋と平屋が並んでいた。

「うわぁ……武家屋敷みたい」

澪が率直な感想を口にすると、

「すげえだろう、向こうは道場なんだぜ」

来たことがあるらしい純也が、なぜか自慢げに平屋を指さす。

「さあ、こっちだ」

先輩が門を閉じて歩き出したので、そのあとに続いた。

近所にゾンビの群はいなかったし、出入り口は鉄の門。

まわりはぐるりとブロック塀に囲まれているから、これなら安全に一晩を過ごせるだろう。

先輩が家屋の玄関を開けると、

「澪！」

「あおいちゃん！」

「みんな。無事だったみたいね」

そこには、途中ではぐれた武志たちの姿があった。

「武志！」

澪がバッグを投げ出して武志の胸に飛び込んでいく。

「ケガはないか」

「うん」

なんだか運命の再会を果たした恋人みたいだ。相変わらず羨ましい……。

「話は中でしましょう」

二人はしばらく抱き合っていたいだろうけど、促されてみんなで中へと入った。

家の中は、紫音先輩と武志がすでに調べていて、安全は確認してあった。

鍵は開いていて、人もゾンビも誰もいなかったようだ。

唯一家にいた母親は避難したと柏木先輩は言っていた。

それを聞いて十畳以上ある広い座敷に、みんなでぐったりと腰をおろす。

紫音先輩がグラスに注いできてくれた水を一気に飲み干すと、胃に直接染み渡っていく。

安心すると、「はあ~」と自然に口から大きな息が吐き出される。

まさに、やっと一息つけた状態だ。

「でも、はぐれた時のことを話し合っておいて正解だったわね」

「ああ」

「紫音先輩が、ここの場所を知っていて助かりました」

先輩二人と武志が話し始める。

いつの間にそんな取り決めをしたんだろう。全然知らなかった。

「ねえ、そんな話したっけ?」

柏木先輩に借りた服を着て、隣で横になる純也にボソッと聞いてみると、

「あおいが、ふてくされてた時」

と、興味なさそうに答える。

「え、私、ふてくされてなんか……あっ！」

言いかけて気づいた。

大通りを渡る前、柏木先輩が囮になるって言った時だ。

……。

結果的に、私は足手まといにしかなってないから、なんだか自己嫌悪だ。

弓だって、落とさないように持って走るのが精一杯で全然役に立ってはいないし、さっきだって軽率な行動を取ってしまった。

協力して逃げなきゃいけないのに……。

疲れのせいか、なんだかマイナス思考に陥ってくる。

すると、

「お風呂に入りましょうか」

と、紫音先輩が思ってもみないことを言い出した。

「お風呂⁉」

武志に寄りかかっていた澪がガバッと起き出す。

「入りたい！　もう体中ベタベタだもん」

たしかに、大量にかいた汗が乾いて少し肌寒い。できることなら温かいお湯に浸《つ》かりたい。

小百合も心なしうれしそうだ。

「それからご飯ね。さっきキッチンを確認したら材料はあったから何か作るわ」

その言葉には「お！　飯か！」と、純也がいの一番に反応する。

そういえば、純也、お礼にうまいもん作れって言ってたっけ。

ふと、純也と視線が合う。

「ん？　なんだ。やっぱり恐怖で頭が──」

「おかしくなってない！」

純也と話していると落ち込んでいる暇もないけど、今はそれがありがたい。

私は私にできることをしようって、気持ちを切り替えられるから。

やることが決まると、なんだか元気も出てくる。

けど、その前に……。


「ほあ～、生き返る～」

「気持ちいいですぅ」

澪と小百合が、湯船に浸かって緩んだ顔を見せる。

いつ電気が止まるかわからないということで、急いでお風呂に入ることにしたのだ。

中はゆったりとしていて広かったので、どうせならと女子は四人で一緒に入った。

その間に、血やホコリまみれの衣類は洗濯機で洗い、乾燥機で乾かすことにしたからさっぱりできそうだ。

ブラウスは破れていて着られそうにないから、柏木先輩からシャツを借りた。少し大きめだけど、学校指定のワイシャツだからそんなに違和感はない。

気分もリラックスしてきて体を洗っていると、澪が何気ない感じで口を開いた。

「そういえば、紫音先輩って、雅先輩と付き合ってるんですか？」

――!?

思わず私は振り返ったけど、隣で頭を洗う紫音先輩は動揺した様子もなく「気になる？」と意味深に微笑んでいる。

その表情からは、正確には大人じゃないけど、大人の余裕みたいなものを感じる。ゾンビだらけになったって常に冷静だし、スタイルだって脱いだらさらにすごくて三人で見とれてしまったほどだ。

もし恋のライバルなんかになったら、まったく勝てる気がしない。

「気になります！　ねっ、あおい！」

「えっ!?」

なんで、私に振るの……。

「あら、あおいさん。そうなの？」

「ち、違いますよ！　わ、私は別に柏木先輩のこと……」

「ええっ！　あおいちゃんって純也くんと付き合ってるんじゃ――」

「さ！　小百合まで何言ってるのよ。そんなわけないでしょ！」

なんなんだろうか……。みんなして勘違いのオンパレードだ。

だいたい、こんな必死でゾンビから逃げてる状況で好きとか付き合うとか、そんなこと考えてる暇なんてないのに……。

「あおいちゃん、本当？」

大人しい小百合が、すごく食いついている。

「私は、誰とも付き合ったことないし、どこからが男の人を【本気で好き】って感情なのか、まだよくわからないの」

「そうなんだ……」

誤解を解くためにも、一応真面目に答えると、小百合がいつも以上にしおらしくなってモジモジし出した。

「……じゃ、じゃあ……。も、もし私が、……えっと、その……」

口の中でモゴモゴ言ってるからよく聞き取れなくて、近づくと顔が赤くなっている。

耳まで真っ赤だ。

「どうしたの？」

「あ、あのね……私が、純也くんのこと好きって言っても、なんとも思わない？」

「へっ？」

突然の告白に、すぐに頭が追いつかなかった。

「小百合が、純也を？」

「……う、うん」

「えええええっ――！」

思わず叫んでしまった。

ゾンビが現れてから、初めてゾンビのことを忘れた。

だって、何がどうなったらそんなことになるのかさっぱりわからないし――、それになぜだか胸の奥が少しざわつく……。

「うそ！　いつから好きだったの⁉」

澪が、茹《ゆ》でダコみたいになっている小百合の肩を揺する。

「え、えっと、ずっといいなって思ってただけなんだけど、教室の前でゾンビに囲まれてもうダメだって思った時に、助けに来てくれた姿がすごくかっこよくて……王子様みたいだったの」

そう言って、恥ずかしいのか、湯船にぶくぶくと顔を沈めてしまう。

「……王子？　あのゴリラが？」

最後の言葉にだけは賛同できなかったらしく、澪が渋い顔を小百合に向ける。

「いいじゃない。純也くん、男らしくて素敵《すてき》じゃない」

と、紫音先輩は楽しそう。

そのあと、交代して湯船に入り、小百合をからかい続ける澪をぼーっと眺めていたら紫音先輩が、

「付き合ってないわよ」

と、耳元でささやいてきた。

一瞬なんのことを言ってるのかわからなくて頭に?を浮かべていると、今度は澪が、

「みんな聞いて」

と、ガバッと立ち上がり胸の前で拳を握りしめた。

唇を引き結んで、眉間に皺まで寄せている。

珍しく真剣な顔をして、いったい何を言おうとしているのだろう。

小百合と一緒に首をかしげていると、澪は拳を高々と突き上げ、こう宣言するのだった。

「澪は今日、武志と一緒に寝る!」

みんな、こんな時に何を考えてるんだか。

最初はそう思った。けど、澪や小百合の想いを聞いてその気持ちは一八〇度変わっ

た。むしろ応援しなくちゃって思った。

まずはお風呂を上がって、澪と二人になってどういうつもりなのか聞くと、

「こんな時、だからこそだよ！」

澪は、答えを用意していたみたいに即答した。

「澪ね、知らない男たちに襲われて思ったんだ」

「……」

「もし、このまま犯されたりゾンビに殺されたりしたら、絶対後悔するって」

「後悔？」

「そうだよ。明日どうなるかなんて、もうわからないから……。澪は武志が好き。武志と結ばれたい。それだけは後悔したくないの」

好きな人のいない私には、その気持ちがなんとなくしか理解できなかったけど、

「女の三大幸福の一つは、大好きな人と結ばれることだよ」

そう言って微笑んだ澪は、今まで見た中で一番晴れやかで艶《つや》っぽくて〝女〟の顔をしていた。

ちなみに澪流『女の三大幸福』の残り二つは、『お金持ちになる』と『甘いものをいっぱい食べても太らない』だそうで、感動している時に聞かなきゃよかったとちょっと後悔した。

そのあと、遅れてキッチンに行くと、紫音先輩と小百合がすでに料理を作り始めていたので急いで手伝った。

足をケガしている小百合に、

「無理しなくていいんだよ」

って言うと、

「私、みんなに助けられてばっかりで、何もできないから……。このぐらいはやりたいです」

真剣な表情で返されてしまった。

「それに私、料理だけは自信あるんです」

小百合もすごく生き生きとした笑顔だった。

みんな、自分なりに精一杯考えてる。

別に現実逃避して恋愛にうつつを抜かしているわけではなく、一生懸命なんだ。

だから、それ以上は何も言わずできるだけ小百合のフォローをして、あとで澪の協力もしようと思った。

男子もお風呂に入って服も洗い、みんなで夕飯を食べて、そのあとは思い思いに時間を過ごした。

食事中、テレビをつけてみたけど、ニュースは昼と同じで新しい情報は得られなかった。

確実なのは『有害ウイルス漏出』、『浦高市は緊急避難区域』、『速やかに避難を』の三つだけ。ゾンビに関することは一つもない。

武志は「情報規制でもされてるんじゃないか」とかなんとか言っていた。

それが何を意味するのかはわからないけど、浦高市から脱出しなきゃいけないことに変わりはない。

私はやることもなかったので、なんとなく気になって外に出ることにした。

音を立てないように、そっと外に出る。

庭に立つと夜風が吹き抜けていく。

今日は熱帯夜ではないらしく、昼間の暑さがうそみたいに気持ちいい。

「あおいか？」

「⁉」

薄暗がりから声がして、一瞬ビクッとする。

目を凝らしてみると、庭の中ほどにベンチがあって、そこに夕食後姿の見えなかった武志が腰かけていた。

てっきり澪と一緒だとばかり思ってた。

「涼みにきたのか？」

「うん、そんなとこ」

「座るか」

そう言ってベンチを半分開けてくれたので、遠慮なく座る。

「武志は何してたの？」

「俺は見張り。念のため純也と雅先輩と交代で見張ることにした」

「それなら、私もやるよ」

「いや、女子はご飯作ってくれたし、ちゃんと寝ないと体力面でも心配だから、ここは俺たち男がやる」

「でも、男子だって疲れてるでしょう」

「いいや、平気だ。——それより、あおい」

まだ、私は納得してなかったけど、武志の声音が急に変わる。

「もしも、の話なんだけどさ……」

なんだろう……。

言いづらいのか、渋い顔をしている。ひとまず、見張りの件は置いといて、話を聞くことにした。

「あくまで、もしもだぞ」

「なあに？」

「もしも……、万が一、俺が死んだら澪のこと頼むな」

ずるい……。さっきの澪や小百合と同じ、すごく真剣な表情だ。

これじゃあ「死ななきゃいい」なんて切り返せない。

「……うん、わかった」

仕方なく頷くと、武志はほっとしたように表情をやわらげた。

でも……。

「その代わり、私とも約束して」

「？　ああ、もちろん」

「万が一でも億が一でも死なないで」

「はっ？」

「約束ね」

「それじゃあ意味が――」

「や・く・そ・く！」

キッと睨みつけてやると、武志は数秒固まったあと、はあ～と諦《あきら》めのため息をつく。

「……わかったよ。お互いに約束しよう」

矛盾だらけの約束……。これが私の精一杯だ。

誰にも死んでほしくなんかないし、そんなこと考えたくもないから。

会話が途切れたところで、ちょうど玄関が開いて、家の明かりに小さなシルエットが映し出されていた。

あの小柄な体型は澪だ。

武志も気づいたみたいで、私との距離をちょっとだけ開ける。

また、怒られると思ってるのかな。

「武志。見張りって次の交代まであとどのくらい？」

「三十分くらいかな」

「じゃあ、代わるよ」

「なんで」

「澪、武志に大事な話があるって言ってたよ。どうせ私はまだ涼んでるから、行ってあげて」

「だけど……」

「何かあったら、すぐにみんなを呼びに行けばいいんでしょ。大丈夫、そのぐらいできるよ――澪！」

手を上げると、澪がこちらに歩いてくる。

「ほら、早く行かないと、また『仲良くしてた～』って誤解されるよ」

ほっぺをつねられたのを思い出したのか、武志は顔をひきつらせて、

「じゃ、じゃあ、悪いけど少しの間だけ頼む」

と、澪のほうへと小走りに向かい、そのまま二人は家の中へと消えていった。

途中、「えっ、違う――痛て、痛てててて」っていう声が聞こえてきたけど、そのへんはまあ、ご愛嬌《あいきょう》だ。

このあと、二人がすることを考えると他人事ながらドキドキしてくる。

私はまだ、キスでさえ経験がないから未知の世界だ。

私もいつか誰かと、そんな関係になるのかな……。

なんて妄想してたら、突然、誰かが隣にドカッと腰をおろした。ベンチがグラッと揺れる。

「きゃっ！」

「何してんだ？」

純也だった。

「ちょっと、びっくりさせないでよ、もう！」

「声はかけたぞ。あおいがボケ〜ッとしてただけだろ。考えごとか？」

言えるわけない……。ちょっと、本当にちょっとだけど……恥ずかしいことを考えてたなんて。

「そ、それより、純也こそ交代には早いんじゃない」

「眠くなったから、早めに来ただけだ」

うまく誤魔化《ごまか》せたかな。自分でも顔が赤くなってるのがわかる。

「あおい」

「な、何！」

思わず声が裏返ってしまった。純也が怪訝《けげん》そうだ。

「もう戻っていいぞ」

「えっ？」

「俺が見張るから家の中で寝ていいぞ」

……あれ？

そういえば、私が武志の代わりに見張りをしてるって言ってないのに。

普通なら、武志がいないことを疑問に思うはず。なのに、純也は平然としている。

もしかして……。武志に聞いて、早めに来てくれたのかな？

きっとそうだ。

純也は昔から変わらない。素っ気なくてガタイもいいから結構怖がられたりするけど、じつは優しい。

幼稚園の頃から、イジメられてるとよくかばってくれたっけ。

今日だってそうだった。小百合も、きっとそういう優しさが見えて好きになったんだと思う。

「ねえ、純也」

「ん？」

「純也って、好きな人いないの？」

「はあっ？ なに言ってんだ、こんな時に」

「こんな時だけど、気になっちゃったんだもん。教えてよ、幼なじみでしょ」

「幼なじみは関係ねえ」

「お願い！」

両手を拝むように合わせると、「ったく、やっぱ恐怖でおかしくなってんな」とぶつぶつ言いながら、門のほうを凝視する。

たしかに、こんなこと聞くのは初めてだ。

昔から、幼稚園も小中高もずっと一緒で、仲のいい兄妹みたいに育ってきて、近い存在すぎて恋愛話なんてちょっと照れくさかったから。

しばらくの沈黙。

きっと今、頭の中では、どうするか思案中。

こういう時に急かすと「もういい」ってふてくされるのは、長年の付き合いで実証済みだから、私はじっと待つ。

薄暗がりに浮かぶ純也の横顔は、たくさん助けてもらったせいか、すごく凛々《りり》しく見えて、なぜだか心臓が早鐘を打ち始める。

長年見てきたはずなのに、今まで感じることのなかった男らしい純也……。

もし、純也が小百合の気持ちに応《こた》えたら……。

ふいに、そんなことが頭をよぎると、きゅっと胸が締めつけられた気がした。

「──逃げたらな」

純也は、闇を見つめたまま口だけを動かした。

「浦高市から、脱出したら教える」

答えを聞くのが少し怖くなっていた私は、無言で頷いていた。

自分で質問しておいて、勝手に緊張して気まずくなり、

「じゃ、じゃあ、もう行くね。見張りがんばって」

と、早口で言ってその場をあとにした。

家に向かっていると、今度は柏木先輩が玄関から出てくるのが見えた。

先輩は私のいる門の方向ではなく、家に沿って歩き始める。

芝生の上を、相変わらずの無表情で進んでいく。

そのまま行くと平屋、たしか道場がある。

何をしに行くんだろう？

別のことを考えたかった私は、知らず知らずあとを追っていた。

先輩は予想どおり、道場の中へと入っていく。

少し迷ったあと、そっと横開きの戸を開いてみた。

木材と汗の入り交じった剣道場特有の臭いが鼻をつく。

昔、町道場に通う純也に何度かくっついていったことがあるから、どことなく懐かしさを感じる臭いだ。

先輩は道場の真ん中に正座をして、こちらに背を向けていた。

音を立てないようにゆっくり戸を閉めると、

「こっちへ」

先輩はこちらを見もせずに言った。

さすがは剣道の達人。気配でわかるってやつだろうか。

私は上履きを脱いで、言われるままに先輩の正面まで進んで同じように正座をした。

「やっぱり、君か」

私を確認すると、若干雰囲気がやわらいだように見えた。

「それで、何か用かな」

「えっと……、先輩の姿が見えたもので、つい、ついてきちゃいました」

我ながら何を言ってるんだかとは思うけど、正直に告げると、先輩はさして気にした様子もなく「そうか」と言って膝の上に置いていたものを目の高さまで持ち上げた。

「本物ですか……」

それは黒い鞘《さや》と鍔《つば》、凝った意匠《いしょう》の柄を持つ日本刀だった。

「ああ。父の持ち物だけどね。木刀よりは使える」

そう言って鞘から抜くと、顔を近づけて刀身を剣先から確認していく。

光を反射する刀は美しくて、きれいな顔立ちの先輩を一層際立たせていた。

「あの、今日は何度も助けてくれて、ありがとうございます」

ふと、思い出して頭を下げると、

「いいんだ……。それが僕の存在意義だからね」

先輩は、なぜか悲しげに目を伏せた。

あまり感情を表に出さない先輩にしては意外だった。

さらに、そのあとに先輩の口から出た言葉は意外を通り越して衝撃的ですらあった。

「僕はね。前に一度、人を殺したことがあるんだ」

「でも、それって……。それは、試合中の事故だって聞きましたよ」

昼間に体育館で武志が言って、紫音先輩が否定した話。

「いいや。あれは、事故ではなくて〝故意〟なんだ……」

先輩は刀を鞘に戻すと、私をじっと見据えてきた。

力強くて吸い込まれそうな、でも切なげな瞳……。

「……懺悔《ざんげ》を、聞いてくれるかな」

先輩は抑揚のない声で淡々と語り始めた。

室町時代から続く、柏木流剣術の家に生まれた先輩は、幼少の頃から剣道の英才教育を受けて育った。

しかも、幸運にも才能に恵まれ、みるみる力をつけていき、中学三年に上がる頃には道場主である父親も圧倒する程の実力者になっていた。

ある日、そんな先輩に師である父親は言った。

「今後一切、対人で本気を出すな」

……と。

「最初は、父より強くなってしまった僕への嫉妬《しっと》だと思った。大人気ないってね。だから、道場で稽古《けいこ》するのを辞めて高校では剣道部に入った」

——でもそれは、大きな間違いだった。

上級生も顧問も相手にならず、大会に出ても五割程度の力で簡単に勝ててしまい退屈だった。

そんな時、全国大会の一回戦で当たったのが、前年度の全国覇者だった。

「久しぶりに本気で戦えるって興奮したよ」

先輩はそう言って、自嘲《じちょう》気味に笑った。

「体格も大きくて、強そうで。十年に一人の天才だって評判だった。だけど……」

開始直後に放った先輩の渾身《こんしん》の突きは、相手を巨体ごと場外まで吹き飛ばしていた。

「父にはわかっていたんだよ。僕が本気で戦えば、いつか人を殺《あや》めるって。僕も……本当は心の底では気づいていたのかもしれない……」

「……だから、その償いに人を助けるんですか？」

「僕はそれから、ずっと虚無感の中で暮らしてきた。そんな生活から抜け出したくて、今年になって再び大会にも出た。でも、虚《むな》しさは変わらなかった——そんな時、君に会ったんだ」

「私、ですか……」

「襲われていた君を助けた時、心に開いていた穴が塞がったんだ。初めて心が満たされた」

「それで、存在意義」

「きっと自己満足だろうけど……。それでも、報われた気がするんだ。人殺しのためじゃなく、人を助けるために僕の力はあったんだって思えたから」

「それで、クラスに戻ってみんなを助けようとしたんですか？」

「ああ。うまくはいかなかったけど」

先輩の言う虚無感は、私には想像すらできないほどに大きくて深い……。

同じ経験をして同じ立場にならなければ、その人の気持ちを本当の意味で理解することはできない。

軽はずみに〝大丈夫〟なんて言えない。

だから……。

「……だから、君を……、あおいを、僕に守らせて」

そう言って、初めて私の名前を呼び、不器用に微笑む柏木先輩に言えることは――。

「……はい。守ってください。その代わり、私も先輩を守ります！」

なんて、ありきたりな言葉だけだった。

――そして、翌朝。

私たちは、運命の日を迎える。

焦燥
—ショウソウ—

ババババババッ──。

大気を震わす轟音《ごうおん》が、目覚まし時計の数倍の威力で寝不足の頭を叱咤する。

昨日、家の居間に戻り、眠りについたのは夜中の二時すぎ。

壁かけ時計に目をやると、まだ六時を回ったところだった。

それにしてもうるさい……。

音の原因を確認するため、まだ朦朧《もうろう》とする意識のまま外に出ると、庭先で紫音先輩、武志、柏木先輩の三人が真っ青な空を見上げていた。

音の正体はプロペラの二つついた鉄の塊《かたまり》。かなり近くを低空飛行している。

「ヘリコプター?」

「起きたか!」

私に気づいた武志が振り返る。

「自衛隊のヘリだ!」

武志にしては珍しく少し興奮した様子。

武志……そんなにヘリコプターが好きだったんだ。

「でも、ちょっとうるさくない?」

「寝ぼけてるのか。ヘリだぞヘリ!」

「それは、見ればわかるけど……」

「救助だよ！　救助！」

「あっ！」

一気に目が覚めた。ぼんやりとしていた脳が高速で情報を処理し始める。

「助けが来たの⁉」

「この状況で大型輸送用のヘリだ。まず間違いない」

「でも、どこにおりるの？」

大きなヘリが着陸できる場所は限られてくる。

それに、あれだけの轟音。下手におりれば、たちまちゾンビに囲まれてしまうのは明白だ。

救助だというなら、大型ヘリが離着陸できる平らで広いスペースがあって、なおかつゾンビを寄せつけない閉鎖された空間が必要。

「おそらく、陸上競技場ね」

と、紫音先輩が私の疑問に答えながら振り返った。

だんだんと遠ざかっていくヘリは、たしかにそちらの方角へと向かっている。

競技場は、我が校で毎年恒例のマラソン大会で使っているから位置はわかる。

ここからそんなに遠くはない。

「行きましょう！　距離も近いし、うまくいけばそのまま避難できる。無理だったとしても、浦高橋へは多少の遠回りで済むからリスクも少ない」

「そうね。みんなに話しましょう」

武志の熱のこもった言葉に紫音先輩も同意し、二人は足早に家へと戻っていった。

柏木先輩はまだ空を見上げたまま。

腰のベルトには、道場で持っていた日本刀が差してある。

私が夜のことを思い出して、なんて話しかけようか迷っていると、

「おはよう」

先輩はいつもどおりのポーカーフェイスだった。

「お、おはようございます」

「僕らも戻ろう」

「は、はい」

あっさりと歩き出した先輩の背中に、昨日見た寂しさはみじんもなかった。

その無表情をなぜか少し残念に思う自分はいたけど、どちらにしろ今はそれどころではない。私も先輩のあとを追って家へと入った。

武志が二階で眠っていた澪を呼びに行き、私は居間で一緒に雑魚寝《ざこね》していた純也と小百合を起こす。

全員が揃うと、いつの間に作ったのか紫音先輩がおにぎりをテーブルに広げた。

たぶん昨日のうちにお米を炊いて、早起きして作ったのだろう。

いろいろと気がつく先輩には、つくづく頭が下がる思いだ。

「救助のヘリコプター⁉」

「うそっ！　やったー！」

「ヘリゴ――ゴハッ！　ゲホゲホッ」

あの騒音でも起きなかった三人にヘリの話をすると、澪と小百合は表情が明るくなり、純也はおにぎりを喉に詰まらせていた。

「ちょっと純也、何やってるのよ。はい、これ飲んで」

水を渡すと、一気に飲み干して「ぷは～っ」と大きく息を吐く。

風呂上がりのビールを飲むお父さんみたいだ。

「おお、助かった――ん？　なに見てんだ。あおいもちゃんと食っとけよ。次いつ食えるかわかんねえぞ」

言いながら、テーブル上のおにぎりを一つ手渡してくる。

純也も昨日までと同じ、特別変わった様子はない。

好きな人なんて聞いてしまったから変に意識してたけど、これならいつもどおりギクシャクしないで済みそうだ。

お腹はすいてなかったけど、純也の言うとおりだから私もおにぎりを胃に流し込む。

「準備して、十五分後に庭に集合しよう」

武志の言葉に誰も異論があるはずもなく、行き先は浦高橋から陸上競技場に変更になった。

ゆがけを手につけ、矢筒を背負って準備していると、小百合が近づいてくる。

「ねえ、あおいちゃん」

なんだろう？　ゾンビがいるわけでもないのに、いやに小声だ。

「……あのね」

それに胸の前で指と指を絡めて、妙にもじもじとしている。

「私ね、一晩考えたの」

「うん？」

「澪ちゃんが昨日言ってたでしょ。……後悔したくないって」

この態度……。

何を言いたいのか、なんとなく予想がついてしまう。

「だから、私……、無事に避難できたら告白しようと思うの。……純也、くんに」

やっぱり思ったとおりの言葉だった。

「一応、あおいちゃんには言っておこうと思って……」

どうして？とは聞かなかった。

その答えもわかってしまったから。

きっと小百合は、私が純也のことを好きなんだと思っているから、コソコソしたくないんだ。

別に私に断る必要なんてないけど、わざわざ気にかけてくれたのはうれしかった。

私も自分の気持ちだけは、はっきりせておかなければいけないのかもしれない。

小百合は私の返事を待たずに、照れくさそうに「じゃあ、先行くね」とそそくさと部屋を出ていく。

あれ？

そこで、とあることに気がついた。

「小百合！」

私は急いであとを追って、玄関に座る小百合を捕まえた。

「あ、あうっ！　あおい、ちゃん……。あおいちゃんがダメって言うなら、私もう一回——」

「違うよ、あしよ、足！」

多少かばいながらではあるものの、スムーズに歩いていたのだ。

「あっ、足？」

「そんなに慌てて歩いて平気なの？」

そこまで言ってやっと的を射たらしい小百合は、「ああ！」と言ってポンと手のひらを叩く。

「まだ、少し痛いけど、大丈夫です」

と、アピールするようにスッと立ち上がって二、三歩、歩いてみせた。

小百合が歩けるなら武志の負担も減って昨日よりスムーズに移動できる。

救助のヘリも来ているし、朝から幸先《さいさき》がいい。

そこへ。

「準備できた〜？」

と、さらに〝幸せ〟が体中から滲み出ている澪がスキップで登場。

昨晩、二階の部屋を借りて武志と二人っきりで一夜を過ごした澪は朝から超のつく上機嫌だった。

「二人ともどうしたの？　口開いてるよ」

「「へっ⁉」」

思わず間抜けな声を出してしまった……。

その晴れ晴れとした顔を見れば、澪の試みが成功したのは一目瞭然《いちもくりょうぜん》なんだけど、いろいろと質問したい好奇心と、今はそんな場合じゃないって理性が頭の中で戦って、ポカンとしてしまったのだ。

「もう、しっかりしてよね！　さあっ、がんばって逃げるよ！」

私たちの肩をポンポンと叩いて、澪は外へと出ていく。

私は、おそらく同じことを考えていたであろう小百合と目を合わせて苦笑い。

「行こうか」

「は、はい」

すべては終わってから聞けばいい。

私は緩んだ気持ちを引きしめて、玄関のドアを開け放った。


どうしてこんなことに……。

「あおい、走れ！」

純也が活を入れるような怒鳴り声を上げ、私の手を強く引く。倒れることを拒む本能が、両足を交互に前へと誘う。

穏やかな午後には親子連れやカップルで賑わう平和な親水公園《しんすいこうえん》が、今は血と肉と腐臭に溢れていた。

「クソッ！」

前を塞ぐゾンビを純也が木刀で薙《な》ぎ払う。

吹き飛んだ死人は、水しぶきを上げて人工の小川へと倒れ込んでいく。

「ちくしょう！　ちくしょう！」

真っ赤に充血した純也の瞳からは、大粒の水滴がこぼれ落ちていく。

どんなに辛いことがあっても、どんなに痛い思いをしても泣いたことがない純也。

そんな純也が初めて見せる涙……。

それを見てようやく、止まっていた私の時間は動き出した。

どうしてこうなってしまったのか……。


最初は順調だった。

柏木先輩の家を出た私たちは、裏道を通って陸上競技場へと進んでいた。

隊形は昨日とほぼ同じ。変わったことといえば、武志が小百合を背負っていないこと、澪が手ぶらなこと。

小百合は自分の足で歩いているし、澪が手ぶらなのは、バッグに入っていた予備の矢を紫音先輩が補充して空になったからだ。

昨日、裏道ではほとんど姿を見なかったゾンビも数は増えていたけど、日本刀を手にした柏木先輩の敵ではなかった。

一度に三体現れてもあっさりと倒してしまい、純也は「やっぱりすげーな」と心底感心していた。

十分に休息をとったこともあってか、緊張はしながらもみんなの足取りは軽い。

難なく陸上競技場の手前にある桜並木やバーベキュー場も併設された親水公園にたどりつくことができた。

この中を通り抜ければ、あとは公道を一本挟んで競技場。

左右に広がる芝生や木々を横目に、中央の舗装されたメイン通りを進む。

そんな時だった。

公園の中ほどをすぎて、右手に水遊びのできる噴水が見えた時、澪がそれを見つけたのは。

「あれって……」

噴水から延びる四つの小川の一つ。その先に五歳ぐらいの少女が水に足をつけてしゃがみ込んでいた。

昨日の混乱で親とはぐれたのだろうか？

公園の中ではまだゾンビに出くわしていないから運よく一人で逃げ延びたのかもしれない。もしそうなら一人にはしておけない。

それを悟ってか、

「子供だよ！」

澪が走り出した。

「あっ！　澪！」

「あおい、待て」

私が続こうとすると武志が、

「俺が行く。あおいは先輩たちに少し待つように言ってきてくれ」

と先行している先輩たちの小さくなった背中を指さす。

メイン通りは視界が開けていて近くにゾンビはいなかったので、先輩二人は偵察も
兼ねてかなり前を歩いていた。

「気をつけてよ」

「サッカー部で鍛えてるからな。逃げ足なら任せておけ」

サッカー部らしく爽《さわ》やかに微笑むと、武志は澪のあとを追う。

「武志くんって優しい彼氏ですよね」

「そうだね。ちょっと過保護だけど」

サッカー部のエースで、頭もよくて優しい。モテないわけがない。

「ん？　なんだ？」

無意識に私と小百合は純也へと目を注ぐ。

だけど純也は「なんかあんのか？」と後ろを振り返ったりしている。

これでは、純也の彼女になる娘は苦労するな。なんて小百合と苦笑いした。

――その時だった。

「きゃあああああっ！」

突如、晴れ渡る空にこだまする悲鳴。

とっさに振り向いたそこには、信じられない、いや……それが現実だとは信じたくない光景が広がっていた。

ばったり、と地面に崩れ落ちる澪。

その上にゆっくりと這い上っていく少女。

追いついた武志が少女を蹴り飛ばす。

「澪！」

私は即座に走り出していた。

後ろで純也が何かを叫んでいたけど、まったく耳には入らない。

頭の中は、事実を否定する言葉でいっぱいだった。

こんなのうそだ……澪が……絶対に違う。だってあれは、ただの子供で――。

なのに……。

たどりついた私の目に映ったのは……。

ふくらはぎから血を流す澪の姿だった。

「澪！　しっかりして！」

「ゾンビだ。あの子供、ゾンビだったんだ」

武志が、声を震わせ、

「子供だと思って油断した。──クソッ！　一人で行かせるんじゃなかった」

涙目で傷口を押さえるが、手の下からは真っ赤な血液がドクドクと溢れ出してくる。

「……うっ……」

顔面蒼白《そうはく》な澪は必死で痛みを堪えている。

澪がゾンビに噛まれた……。それは紛れもない事実。

なら──。

「武志、どうすればいいの！　私なんでもするから教えて！　早くしないと澪が！」

ゾンビになってしまう！

「ねえ、聞いてるの武志！　なんとかしてよ！　澪を守るんでしょ！」

私は弓を投げ出し、武志の肩を強く揺さぶった。

ゾンビに噛まれたら死ぬかゾンビになる。昨日散々見てきたからそんなことはわかっている。

どうすることもできない。

でも澪が……そんなの耐えられない。

「――あ、おい……。武志を、責め、ないで」

澪の細い指先が、武志を掴む私の手に触れた。

「み、お……？」

「ごめんね、澪、ちょと……うっ……気が、緩んでた、みたい」

言いながら苦しそうに上半身を起こすと、武志が片手でそれを支える。

「……だけど、まだ、死に、たくないよ……武志の、お嫁さんに、なってないよぉ」

何も言葉が出なかった。

武志にすがりついて泣く澪にかけられる言葉を、私は持ち合わせていない。

大切な、本当に大切な親友なのに……。

何もできない私は、ただ、一緒になって泣くことしかできなかった。

そして、無情な現実はさらに私たちを追い立てていく。

小川の先にある雑木林から大量のゾンビが姿を現したのだ。

おそらく、さっきの澪の悲鳴を聞きつけたのだ。

いつの間にか隣にいた純也が警戒の声を上げる。

「来るぞ！」

しかし、武志は動こうとしなかった。

それどころか、澪を立たせようとした私を手で制止する。

「おい、武志！　早く澪を俺の背中に！」

純也が苛立って澪に手を伸ばすと、それさえも振り払った。

そして、

「俺を噛んでくれ」

と、澪の前に腕を差し出したのだ。

「たけ、し……？」

「なに言ってんだお前！」

純也が武志の胸ぐらを掴む。

だけど、武志は冷静だった。

「澪はこのままだとゾンビになる。だけど、一人でどこかに置いていくことはできない」

「てめぇ！　意味わかって言ってんのか！」

「ああ……。俺は最後まで澪と一緒にいる」

「ふざけんじゃねぇ！」

「ふざけてはいない……。純也、もしお前が俺と同じ立場になったらどうする」

「なっ！」

「きっとお前も同じことをするはずだ」

「……」

「純也！　前！」

接近していたゾンビが怒号に吸い寄せられ大きく口を開けた。

純也は前に出て、それを木刀で力任せに押し返すが、その横からさらに別のゾンビが純也の腕を掴む。

純也はそれを素手で掴み返し、一回転してゾンビを放り投げた。

その隙に澪を抱え上げた武志は、私たちから距離をとっていた。

「純也！　あおい！」

そして、わざとらしく大声で叫び、

「悪いな！　俺はお前たちより澪を選ぶ！」

武志は競技場とは反対方向に走り始めた。

半分のゾンビはそのあとを追う。

一瞬のことに、私にはなす術がなかった。

いや……時間があったとしても、私には止められなかっただろう。

これからゾンビと化していく最愛の人と、最期をともにしようと決意した友達を。

……澪。

……武志。

去り際に見た澪は、とても穏やかで優しい表情をしていた。

私がそう思いたかっただけかもしれないけど、そこには愛されることの喜びが垣間見えた、そんな気がした。


バシャン！

純也が倒したゾンビが、人工の小川に沈んでいく。

純也の涙で我を取り戻した私の目にリアルが流れ込んできた。

動き出すのが遅かった私たちの行く手を死人が遮っている。

すでに囲まれそうな状況だった。

でも、

「純也くん！」

「あおい！」

声とともに数体のゾンビが倒れ、一カ所隙間ができた。

柏木先輩と紫音先輩だ。

「行くぞ！」

「うん」

私たちは涙もそのままに先輩たちの元へと一気に走り抜けた。

ゾンビを振りきった私たちは、公園の出口へと向かっていた。

私が澪の元へ向かったあと、純也の指示で小百合が先輩たちを呼びに行ってくれたのだ。

そのおかげで私と純也は命拾いをした。

「離れたのが間違いだったわね」

武志と澪のことを知った紫音先輩が神妙な面もちでうなだれる。

そのあとは、誰も何も言葉を発さず、長い沈黙が続いた。

きっと全員が自責の念にかられているんだと思う。

澪と武志を思うと、怒りと悲しみと虚しさが一緒くたになって押し寄せて、痛いほどに胸を締めつけた。

それでも生きたいと願う本能は、私の足を前へ前へと運び続けていた。

しばらく進むと、先頭の柏木先輩が手を広げてみんなを制止する。

直後に「パン！　パン！」と乾いた音があたりに響く。

「銃声？」

紫音先輩が誰へともなく問いかけるが、誰も本物の発砲音なんて聞いたことはないから、答えは出なかった。

しかし、その音の出所は公園を出てすぐに知ることとなる。

そこは――死の町そのものだった。

朝、自衛隊のヘリを見て、もうすぐ逃げられる。この死の町から出られる。

陸上競技場につけば……。

そう、心のどこかで思っていた。

だけど、そんな希望は一瞬で打ち砕かれてしまった。

飛び交う怒号と悲鳴。

競技場の敷地内は、反狂乱で逃げまどう人々と、それを追いかけ喰らうゾンビで入り乱れていた。

さっきの音の正体であろう、ゾンビに銃を向ける自衛隊員の姿も見える。

「なんなの……これは」

「おそらく、私たちと同じ。自衛隊のヘリコプター目当ての人たちと、その人たち、もしくはヘリの音に引き寄せられたゾンビね」

「そんな……」

昨日体験した学校、いやそれ以上の地獄絵図だ。

「せっかくここまで来たのに」

小百合が早くもガックリと肩を落とす。

そんな彼女を励ます意味でも、私が、

「どうするんですか？」

と、紫音先輩をうかがうと、

「もちろん――」

「行くぞ！」

純也が先輩の言葉を続ける。まるで武志のように……。

だけど、その表情は、冷静な武志とは違い怒りに満ち溢れていた。

きっと、武志と澪を失った悲しみを怒りに変えてるんだと思う。

私も、初めて見る純也の涙がなければ動くことさえできなかったから、その気持ちはなんとなくだけどわかった。

「こんな町、すぐに出るぞ！」

「そうね。自衛隊がいるということは、ヘリは必ずある。でも急がないと、この混乱ではすぐに撤収してもおかしくないわ」

たしかにこの状況では救助どころではないだろう。

「わかりました」

「あ、あおいちゃん、離れないでね」

気を取り直した小百合が、私の手をぎゅっと握りしめる。

「僕が道を開く」

柏木先輩が日本刀をスラッと抜き放つ。

こうして私たちは、助かるために自ら死地へと足を踏み入れるのだった。

「小百合！　しかっり」

「は、はい」

これまでとは比較にならない血の臭いの中をひた走った。

門をくぐり抜け、競技場施設の入り口を目指す。

「きゃあああ！」

「うわあああっ！」

すぐそこで、事務服姿の女性がゾンビに頬を噛み千切られ、ツナギを着た男性が腹を喰い破られている。

少しでも気を抜けば、一瞬にして死人の仲間入りだった。

先頭を行く柏木先輩は、最小の動きで邪魔なゾンビの首をはねていく。

怖いぐらいに強くて速い。

「純也くん、左！」

「おうっ！」

後方の紫音紫輩は、人とゾンビが密集しすぎていて弓を使えない代わりに指示を出し、純也がそれに応えてゾンビをどけていた。

武志に食ってかかった時に弓を落としてしまった私は、身軽になったはずなのに、先輩を見失わないようについていくのがやっとだった。

あっという間に、白いシャツは血と汗でべったりと濡れていく。

「あっ！」

「うぶっ！」

急に立ち止まった先輩の背中に、小百合と一緒に顔をぶつけてしまう。

「痛いですぅ……」

小百合は鼻の頭を赤くして涙目になっている。

かなり痛そうだ。

私はおでこだからまだマシだ。

「どうしたんですか、先輩？」

何があったのか、おでこをこすりながら見上げると、柏木先輩が前方を指さす。

そこには、破壊された施設入り口に殺到する人々の集団があった。

「……あそこを、通るんですか？」

小百合が怖々と聞く。

「どけっ！　コラッ！」

「痛い、押さないで！」

「ぐはあっ、この野郎！」

私は乗ったことがないけど、まるで満員電車に強引に乗り込もうとするような、そんな状況だ。

「行くしかねえだろ！」

後ろから純也が声を張り上げる。

「雅くん急いで！」

紫音先輩の焦りも伝わってくる。

人々とゾンビが殺し合う真っただ中だ。いつまでも立ち止まってはいられない。

「手を出して」

「あ、はい」

言われるままに差し出すと、柏木先輩が私の手をしっかりと握りしめた。

見た目は細く見えるのに、力強くて温かかった。

「離さないで」

「はい」

私はもう一方の手で持っていた小百合の手を握り直し、三人で手をつないだ状態で混乱する競技場施設の入り口に押し入った。

人混みに強引に入ると、体がぎゅうぎゅうに押し潰されていく。

「おあああっ！」

「邪魔だああっ！」

人々の奇声が頭上を飛び交い、視界は遮られてしまう。

怖い……。

パニックに陥った集団がこれほど恐ろしいとは思わなかった。

四方から圧迫されて、空気が薄く感じられる。

教室から逃げ出す時に武志が止めた意味を、今さらながらに思い出す。

時折、一方から急激に圧力が加わり倒れそうになる。

倒れたら最後、体中を踏みつけられ下手をすれば死んでしまうだろう。

離れないように、先輩の手が痛いぐらいに力を増す。

だけど……。それとは逆にどれだけ強く握ろうとしても、小百合の手が徐々に離れていってしまう。

私の力では……。

「あ、あおいちゃ――」

「ダメッ！」

必死に掴んでいた指先が解ける。

「い、痛い！　助け――」

小百合の声が喧噪《けんそう》にかき消されていく。

「小百合っ！」

どうしよう！　小百合が！

私は強引に首だけで振り返った。

しかし、それがまずかった。

こめかみに強烈な痛みが走る。誰かの硬い部位、おそらく肘が当たったのだ。

視界がグラッと揺れ、無数の足が目の前に近づく。

ダメだ、倒れる！

倒れたら――死。

そう思った、次の瞬間。

えっ⁉

目線が急激に上昇する。

そして、

「……せんぱい」

私の体は柏木先輩の腕の中にすっぽりと収まっていた。

しかも、

「抜けられたの？」

空気がやわらいだ。

そこはすでに施設の中だった。

助かった……。

けど、小百合が。

すぐに思い出して人混みに目を向けると、

「おああっ！」

力ずくで人を押し分け純也が現れた。その傍らには。

「うう っ……」

涙目の小百合。

小百合は純也に片手で荷物のように持たれていた。

最後に紫音先輩は、

「純也くんの背中、微動だにしなかったわね」

と、純也の腰をポンと叩いて真後ろから平然と現れる。

よかった。みんな無事だ。

改めてあたりを見回して気づく。

あちこちで叫声が上がっている。施設内にもゾンビが進入しているのだ。

そのせいで外へ逃げようとする人と中へ入ろうとする人が入り乱れて、入り口の混乱に拍車をかけていたのだ。

中も危険は変わらない。

柏木先輩はすでに、みんなを守るように数歩前で身構えている。

すぐに移動しようと、暗黙でみんなが動き出す。

すると、

「ちょっと待ってくれ」

純也が待ったをかけ、

「はっ！　純也くん⁉」

何事かとおろおろする小百合を背中に回し、おんぶして立ち上がった。

「こいつはもう歩けねえ。朝から無理してやがったんだ」

そう言って目線を落とした先には、真っ赤に腫れ上がった小百合の膝があった。

こんなに腫れていたら、相当痛むはずだ。

「小百合……」

「ごめんなさい……でも、もう足手まといになりたくなくて……」

「なに言ってるのよ」

「まったくだ。軽すぎるくせに、くだらねえこと気にすんな」

意味は不明だけど、純也なりの優しさが伝わってくる言葉だった。

その証拠に小百合は、頬をピンク色に染めていた。

陸上競技場は楕円形の建物で、まわりを囲むように観客席があり、真ん中がグラウンドになっている。

グラウンドは下の階の、廊下を進んだ先にある。安全にヘリコプターがおりられる場所はそこしかない。

私たちはなるべく音を立てずに階段をおり、廊下を進んだ。

そして、もうすぐでグラウンドが見える、そんな位置まで来た時だった。

後ろから誰かが走ってくる。

遠目に見てもすぐにわかる迷彩服。自衛隊員だ。

でも、自衛隊員は私たちには目もくれずに追い越していってしまう。

そのすれ違いざま、トランシーバーに向かって叫んでいた。

「撤退だ！　海藤《かいとう》も峰岸《みねぎし》もやられた！」

全員がハッとして息をのむ。

「まずいぞ！」

「急ぎましょう！」

純也と紫音先輩が走り出す。

私も遠ざかっていく自衛隊員を夢中で追いかけた。

パッと視界が開け、広いグラウンドが目に飛び込んでくる。

──あった！

朝、上空を飛んでいた大型のヘリコプターが中央付近に鎮座している。

しかし、見つけると同時に無機質なエンジン音が響きプロペラが回り始める。

「待って！」

「おーい！」

数メートル先を走る二人が大声で呼びかける。

すると、先ほどの自衛隊員がヘリに足をかけこちらを振り返った。

気づいた！　まだ間に合う。

「──いん──オ──だ」

何かを叫んでいる。でも、ヘリの音でうまく聞き取れない。

「て──バ──」

わからない。とにかく走るしかない。

そして。

「⁉」

ようやくたどりついたヘリの足下で、やっと聞き取れたその言葉に耳を疑った。

「定員オーバーだ！」

「そんなっ！」

「おいっ！　ふざけんな！」

純也が隊員に掴みかかる。

だけど、見れば、たしかに自衛隊員の後ろは人で埋め尽くされていた。しかもほとんどがケガ人や子供で、折り重なるように無理やり詰め込まれた状態。

さらに、純也の剣幕に何人かの子供が泣き出している。

代わりに乗せてほしいなんて言えるわけがない。

「すまない……」

自衛隊員が顔を伏せる。

最悪だった。

ここまで、必死で逃げてきたのに。

ヘリは目の前にいるのに。乗ることができないなんて……。

一瞬でも避難できると思ってしまった私の体は、急激な脱力感に見舞われる。

けど、諦めていない人物が一人だけいた。

「待ってくれ！」

純也だ。

「こいつはケガ人なんだ！　せめてこいつだけでも！」

純也は背中の小百合を投げるように強引にヘリに押し込んだ。

「きゃっ！」

「き、君っ！」

自衛隊員は、眉をしかめながらも小百合をしっかりと抱き留めていた。

「そいつは大ケガで歩けねえんだ。頼む！　いや――……お願いします」

敬意とは無縁の純也が深々と頭を下げる。

すると、

「……この娘だけだぞ」

自衛隊員は渋々了承してくれた。

そして、まるでそのやりとりを待っていたかのように、ヘリはその重い機体をゆっくりと持ち上げ始める。

「へっ⁉　待って、どうして！」

小百合がとっさにこちらに手を伸ばした。

「純也くん、なんで！」

「危ない、大人しくしてくれ」

隊員が身を乗り出す小百合を、慌てて押さえる。

それを見た純也は、

「足手まといは嫌なんだろ！」

と、ヘリから出た小百合の腫れた足をポンと叩いた。

「うっ！」

小百合は暴れるのをやめた。

それはきっと、ただ痛かっただけじゃなく、純也の気持ちを理解したから。

歯を食いしばり、目からはぽろぽろと涙をこぼしていく。

「……あおいちゃん、みんな……。先に行って、待って、ます」

非情にも次第に上昇していくヘリ。

見上げると、そこからしわくちゃの顔を出した小百合が精一杯に何かを言っていた。

「純也くん――」

――その時だった。

突如、小百合を支えていたはずの自衛隊員が、機外に躍り出たのだ。

叫び声を上げ、空をもがきながら真っ逆さまに落下してくる。

な、なんなの！

グシャッ――。

隊員は鈍い音を立てて、地面に激突した。

目の前に飛び散る鮮血。手足が関節を無視して折れ曲がっている。

さらに、顔が何かにえぐり取られたように半分なくなっていた。

「いやあああっ！」

追い打ちをかけるように、上空から降り注ぐ悲鳴。

「小百合っ！」

再び見上げるとそこには、小百合の首に顔を埋める大きな影が……。

「なんで、なんでゾンビが！」

「……冗談、だろ」

ヘリはガクンと縦に一度揺れると、速度を増し急旋回しながら斜めに移動していく。

「おい、やめろ！　やめてくれ！」

純也が頭を抱えて膝をつく。

ドン！

激しい爆発音と衝撃が競技場にこだまする。

炎が舞い上がり、観客席が崩れていく。

――小百合を乗せたヘリは墜落した。

それでも、悲しんでいる暇はなかった。

心ない死人は、私たちの意をくんでくれることはない。

「来る」

柏木先輩が、警戒を促す。

ヘリの音につられたと思われるゾンビたちは、あちこちの出入り口から姿を現していた。

「逃げましょう」

紫音先輩が頽《くずお》れる純也に呼びかける。

けど、純也は動こうとはしなかった。

「何してるの？　立って」

私は腕を持って持ち上げようとしたけど、びくともしない。

「……俺の、せいだ」

「純也？」

「あいつは、俺がヘリに乗せたから……そのせいで」

「違う！　純也のせいなんかじゃ――」

「気休め言うな！」

そう言いながら、私の手を強引に振り払う純也。

「俺じゃねえか！　俺が無理に行かせなければ、あいつは死ななかった。だいたい、澪と武志だって、俺がもっとちゃんと見てれば、あんなことには――」

バキッ。

純也は、言い終わる前に仰向けに倒れていた。

柏木先輩が純也を殴ったのだ。

「うぬぼれるな」

「……」

「純也一人で彼女を、みんなを守っていたわけじゃない」

「みやび、さん……」

「それに……。男なら、まだやるべきことがあるだろう」

そう言って柏木先輩は、私と紫音先輩に目を向け、再び純也に視線を戻した。

「さあ立て。責任を語りたいなら、まずは全うしろ」

先輩が手を差し伸べると、やっと純也が立ち上がった。

そして、シャツの袖で目元を荒々しくぬぐうと、

「……もう……誰も……、誰も死なせねえ」

ぽつり呟いた。

柏木先輩は何も言わず、純也の頭をくしゃくしゃっと撫でた。

紫音先輩が必中の矢を放ち、純也は力で弾き飛ばし、柏木先輩が素早く斬る。

　これだけ、高校生離れした三人をもってしてもゾンビの囲みを突破することは容易ではなかった。

　来た道を戻り、なんとか施設の入り口まではたどりつくことができた。が、そこからが問題だった。

　あれだけ大勢いた人々の姿はなく、その分ゾンビの数は何倍にも膨れ上がっていたのだ。

　みんなゾンビになってしまったのだろうか……。

　私が持っていた矢は矢筒ごと紫音先輩に渡したけど、残りは十本もなかったから学校から脱出した時の方法は使えない。

　だから……。

　無謀な正面突破。

　私たちに残された道は、それしかなかった。

「あおい、遅れるな！」

「うん」

　息つく暇もなく施設を出る。

　あとは、ゾンビの中を道路まで、いや、もっと先まで駆け抜けなくてはならない。

　夢中で走った。

ゾンビの腕をかいくぐり、シャツを掴まれても振り払った。
何度も転びそうになり持ち堪えた。
アドレナリンが過剰に分泌され、走ることが苦痛ではなくなっていく。
なのに……。
なのに、どうしても突破できない。
気づけば、先頭を行く柏木先輩の速度がみるみる落ちていく。
倒しても倒してもきりがない相手に、スタミナが尽きかけているのだ。
止まってしまえば、囲まれて一巻の終わり。どこにも逃げ場はない。
どうすれば……。
私たちはここで死ぬのだろうか。
〝絶望〟
そんな言葉が私の頭をよぎった。
そして、それは起こってしまった。
「っ！　あぁっ……」
「やめてーっっ！」
思わず声を上げていた。
そんなバカなことがあるわけがない。

私は自分の目と耳を疑った。

だって……。

あんなに強くて頭がよくて美人で、誰からも愛される存在。

先輩が。

紫音先輩が……。

すぐ横で短い悲鳴を上げて、頽れていく。

ぴったりとくっついたゾンビとともに……。

前方で、柏木先輩が音を立ててゾンビを倒し始める。

状況を瞬時に理解したんだ。引きつけてくれるつもりだ。

それでも何分、いや、何十秒稼げるかわからない。

私は強引に体を捻って地面を滑るように急ブレーキをかけると、紫音先輩の元へと走った。

先輩に喰らいついていたゾンビは、すでに純也が倒していた。

「しっかりしてください！」

「あっ……うっ」

先輩は首から血を流し、ブラウスや肩から落ちるきれいな黒髪までを真っ赤に染めあげていた。

「……せんぱい」

私は膝をつき、先輩の頭を腿《もも》に乗せた。

「……あおい……、さん」

「っ、しゃべらないで」

とっさに先輩の首を手で押さえる。

話すと、傷口からドクドクと血が溢れ出してくるのだ。先輩は噛まれてしまったのだ。

「いいの……聞いて」

声がかすれ、弱々しい。こんな先輩を誰が想像できただろうか。

私は先輩の口元に耳を近づけた。

「……ご……めん……ね……」

「……」

「私が、みんなを……誘ったから……こんなことに」

「ち、違います！　――先輩のせいなんかじゃない！」

私が否定すると、先輩はわずかに口角を上げた。

こんなことになったのは誰のせいでもない。

それに、私たちは自分自身で決めてここにいるんだ。先輩のせいになんかできるわけがない。

「さいごに、お願い……できる、たちば、じゃない、けど……お願い」

ゴボッと口から濃い血液が吐き出される。

「先輩！」

「……みや、び、くん……を……ま――」

「先輩！　聞こえない！　先輩、嫌よ、こんなの……」

紫音先輩は、最後まで言いきらないまま、人形のように動かなくなってしまった。

そして、最悪の悲劇はまだ終わりではなかった。

この時、私は真後ろに迫るゾンビに気づいていなかった。

「ひっ！」

走り込んできたゾンビが飛びかかってくる。

私はゾンビの手が触れた瞬間、反射的に身を退《ひ》いた。

が、避けきれず、ゾンビの体当たりで勢いそのままに地面を転がる。

体中を鋭い衝撃が貫く。

「がはっ」

すぐに立ち上がろうと足に力を込めたけど、痺れて起き上がることができない。

そんな……。

ふと、私の体を影が覆った。

嫌だ……。

首だけ起こして見上げると、そこには……。

「ヴヴッ！」

「ヅ、アア」

片目が飛び出し、耳を失った男性、そして内臓がはみ出した女性の姿があった。

——嫌っ！

「いやあああっ！」

ゾンビの血まみれの顔が目前に迫ってくる。

重い腕を叱咤し、顔を隠す。

嫌だ！　死にたくない！

「あおい——っ！」

ゴキッ……。

グチュッ。

奇妙な音がした。

不思議と痛みは感じなかった。

とっさに瞑っていた目を開ける。

……。
おかしい……。
腕の隙間の向こうに恐ろしい異形の姿がない。
その代わり、目の前には大きな壁が立ちはだかっていた。
それは、最後に聞こえた声の主の背中。
それは……。
「じゅん、や……」
声が震える。
だって……純也は……。
私に襲いかかろうとしたゾンビを、体で受け止めていたのだ。
そんなことをすればどうなるか、わかるはずなのに……。
――純也の肩には、二体のゾンビがしかっりと、その牙を食い込ませていた。
「ああっ、いってえな！」
純也は力任せにゾンビを放り投げると、
「立てるか」
と、私に手を差し伸べた。
私は頭が真っ白になってしまい、何も考えられなくなってしまった。

「おい、ボケッとしてんな。走るぞ！」

純也は私の手を力強く握ると、死人の中を駆け抜けた。

「雅さん！　俺が先導する！」

ここにいるはずの純也の声が遠くに聞こえる。

……。

……純也。


陸上競技場から脱出した私たちは民家の庭に身を隠していた。

純也が力技で囲みを突破してくれたおかげだった。

だけど、そのせいで……。

純也の体は何カ所も噛まれ、全身傷だらけだった。

純也がゾンビになってしまう。死んでしまう。

「……どうしてよ！」

私は、横たわる純也にすがりついて泣いた。

「どうして私なんか助けるのよ！」

「うっ……、あんまり大声出すなよ。せっかく、逃げたんだ」

「だって……グスッ……」

「泣くなよ……」

「……だって、ううっ」

「……なあ、あおい。昨日の約束、覚えてるか？」

「約束……？」

昨日の夜……。

『純也って好きな人いないの？』

『――逃げたらな。浦高市から、脱出したら教える』


――たしかに私と純也は約束をした。

もちろん覚えている……だけど、今はそんなこと――。

純也がおもむろに伸ばした手のひらが、私の頬に触れる。

おっきくて力強くて、たくさん私を守ってくれた手。

私はその手を自分の手で包み込んだ。

「なあ、あおい……」

「……」

「幸希はよ」

「……こう、き？」

……学校で死んでしまった幸希？　でも、さっきからなんで、今そんなことを。

「幸希は、あおいが好きだったんだ」

意味がわからない。こんな時にどうして人のことなんか……。

しかも、そんな話。

「なんで、どうして……、こんな時にそんな話するのよ。バカ！」

「っ……」

私が怒鳴ると、純也は声が頭に響くのか、辛そうに顔をしかめた。

「ご、ごめん。大丈夫？」

慌てて謝ると、安心させるように笑い、また口を開いた。

「フェアじゃ、ねえだろ」

「何、言って……」

「約束、しちまったんだよ、幸希と。──抜け駆けしねえって」

「えっ……!?」

「俺は、あおいが好きだ」

「──!?」

突然の、告白。

純也は言いながら、そっと私を引き寄せた。

私は逆らわずに純也の大きな胸に顔を埋める。

「俺は……、ずっと、昔から、あおい一筋だ」

「……うん」

びっくりした。でも、うれしかった。

恋愛とかそんなのはどうでもよかった。

ただ、純粋に、その言葉が純也の口から紡がれて、どうしようもなくうれしかった。

幼い頃からずっと一緒で、隣にいるのが当たり前で、これからもずっと一緒だと思っていた純也。

私たちはずっと変わらない。

そう思っていた。

なのに……。

「おあっ！」

純也が、突然身悶《みもだ》えし始めた。

体が小刻みに痙攣《けいれん》している。

「純也！　嫌だ！　ねえ、しっかりして！」

「は、な、れ、ろ」

純也は私を振り払うと、震える足で立ち上がった。

「……げん……かい……だ」

「嫌だ！　純也、死なないで！　一緒にいてよ！」

純也にすがろうとすると、すぐそばにいた柏木先輩が私を押さえつけた。

「……あ、おい……死ぬなよ」

背中越しに言うと、純也は覚束ない足取りで歩き出してしまう。

「純也ーーっっ！」

そうして、純也は私の前から消え去ってしまった。

終焉
―シュウエン―

私は今、死の町にいる。

無情で無慈悲で無秩序な世界。

ささやかな希望の芽は、瞬時にして死神の鎌でバッサリと刈り取られ、儚《はかな》く散る。

ここは、人の道理の通らない破滅的なまでの不条理世界。

それでも私は歩き続けていた。

この——生と死の狭間で。


みんないなくなってしまった。

幸希、武志、澪、小百合、紫音先輩、そして純也……。

純也が去ったあと、しばらくは途方に暮れていた。

だけど、柏木先輩が無言で差し出した手を取り、私は心を凍らせて歩き出した。

せっかく純也が命がけで救ってくれた命。最後まであがこう。

私たちは当初の予定だった浦高橋を目指した。

昨日より確実にその数を増したゾンビは、大きな道路を避け裏道を進んでも、容赦なく襲いかかってくる。

ボロボロだった。

増え続け、際限なく出現するゾンビ。

照りつける恨めしい太陽。

精神力も体力もどんどんと削られていく。

そんな中、

「あおい」

何度目かのゾンビの襲撃をしりぞけた先輩が、私の名を呼んだ。

「どう、しました？」

「……すまない。少し、休ませて」

——バタリ。

突然、先輩が私に向かい倒れ込んできた。

「あっ！」

支えきれずに二人一緒に地面に転がる。

「せ、せんぱい！」

慌てて先輩を仰向けにすると、真っ青な顔。ほとんど汗をかかなかった先輩が額から、大量の汗。

無理しすぎたんだ。

ずっと、戦い続けていたから。

でも、こんな路上で休むことはできない。

ゾンビは何気ない通行人のように徘徊《はいかい》している。

これでは、殺してくれと言っているようなものだ。

まわりを見渡すと、すぐそこにコンビニが目に入った。

あそこなら。

「ちょっとだけ、がんばってください」

ふらつく先輩を支え、なんとかコンビニの中に入った。

中に生き物の気配はない。

先輩はすぐに床に横になってしまう。

私はありったけの力を振り絞り、先輩を入り口から見えない位置まで運び、誰もいないレジにお金を置いて、タオルと水を買った。

「先輩、お水です。えっ!? せんぱい！」

返事が、ない。

焦って口元に耳を当てる——と、呼吸はしている。

気絶、してしまったようだ。死んでしまったわけではない。

ほっと胸を撫でおろす。

私は、タオルを水で濡らして返り血のついた先輩の顔や腕をぬぐった。

昨日出会ってから、ずっと私やみんなを守るため何度も囮になり、文句一つ言わず戦い続けてくれた先輩。
心ない男たちから、救ってくれた先輩。
辛い過去を打ち明けて「守らせて」と言ってくれた先輩。
どれだけ必死にがんばってくれたのだろう。
きっと、逃げるだけで精一杯だった私には想像を絶する過酷さだったことだろう。
そう思うと、なぜか急に柏木先輩が愛おしくなってくる。
どうしてしまったんだろう、私は……。
――ウィーン。
自動ドアが開く音がして私の思考は切り替わった。
誰かがコンビニの中に入ってきた？
そっと覗くと、やはりいる。
短いスカートから伸びた泥だらけの太ももが、かじり取られた女性。
ゾンビだ。
出てって！
心の中で祈るが、ゾンビは棚にぶつかり自ら立てた音に反応し、また棚にぶつかり。
ゆっくりとこちらとの距離を縮めてくる。
先輩に声をかけても、起きるかはわからない。もし起きなければ、その声でゾンビに気づかれてしまう。

私は生唾《なまつば》を飲み込み、先輩の腰から日本刀を抜いた。

誰も助けてはくれない。

今度は、私が先輩を守る番だ。

そう思い至ると、ふいに紫音先輩の最後の言葉が脳裏をかすめる。

『みやびくんを、ま……』

あれは、「雅くんを——守って」。きっと、そう言いたかったんだ。

教えてはくれなかったけど、紫音先輩は柏木先輩のことが好きだったんだ。私たちと体育館で会わなければ、柏木先輩と二人で逃げようとしていたのも、強いからだけではなくて、好きだから。

なんとなくだけど、今の私にはその気持ちがわかる気がした。

腐臭が鼻をつき、女性が動くたびに黒ずんだ傷口がグチュリッと音を立てる。

もう見慣れて怖くはない、はずなのに手が震える。

これは人ではない。

……人では。

自分に言い聞かせ、息を殺し、私はその時をじっと待った。

あと三歩……二歩……一歩――。
両腕に力を込め、一気に日本刀を突き出した。
グサッ、と刀は右目を貫く。
眼孔《がんこう》からドス黒い血が吹き出し、ゾンビが膝をつく。
「ガッ！」
だけど、まだ浅い。脳には届いていない。
私を探すように手を振り回している。
心臓が痛いほどに鼓動を早める。
と――。
ゾンビの指が私の髪を絡め取った。
生前は非力であったであろう華奢な女性が、尋常ではない力で髪を引き寄せる。
逆らえない！
「う、うあああっ！」
私はゾンビにのしかかり、体重を乗せ、刀をさらに深く突き刺した。
手に不快な感触が伝わるが、そのまま頭を床に押しつける。
すると、ゾンビはようやく動かなくなった。
一体のゾンビを倒すのに、これほどの体力と精神力を使うとは思わなかった。

みんながいなくなったあとも、先輩はずっとこれを続けてきたんだ。

興奮のせいか、そう思うとやるせない気持ちが込み上げてくる。

私は先輩の元に戻り、ただ静かに眠る先輩を見守った。


「……そんな」

私は、目の前に広がる光景にショックを隠しきれなかった。

数時間後に目覚めた先輩は少し元気を取り戻し、そこからさらに数時間をかけて、私たちは命からがら目的地である浦高橋の見える場所にたどりついていた。

だけど、そこは……。まるで生者を拒んでいるかのような、再びの地獄だった。

広い橋の登り口に装甲車や鉄柵でバリケードを作り、銃を乱射する自衛隊。

そこへ吸い寄せられる無数のゾンビの群。

さらには、その間で強引にバリケードの突破を謀る人々。

どうしてそうなったのかは、しばらく眺めていておおよその想像がついた。

バリケードの向こうへは、歩道からしか通行ができなくされ、その歩道では自衛隊員が町から出る人たちのボディチェックを行っている。噛まれていないかを調べているのだ。

しかし、それが一人ひとり行われるため遅々として進まないのだ。

人々は行列を作り、そこへゾンビが現れ自衛隊が発砲。その音で近くにいたゾンビが引き寄せられ、また発砲。

そしてだんだんと収拾がつかなくなってきたのだ。

最悪なのは、それでも自衛隊は人々を一気に通すことはせず、歩道からのみ通している。

浦高市民を犠牲にしてでも、ゾンビを浦高市から出さないつもりだ。

これ以上、ゾンビの被害を拡大させないための苦肉の策だろうが、あまりにもひどい光景だった。

群衆は次第に暴徒と化し、後ろから迫るゾンビではなく、自衛隊に向かって拳を振り上げ始めていた。

「まずいな」

あまり表情を出さない先輩が唇を噛みしめる。

「パニック……ですね」

「ああ。それに、もうすぐ陽が暮れる」

そうだった。わざわざ今日避難することにしたのは、明るいうちに避難するため。

暗くなっては、元も子もない。

今からでは、安全に夜を越せる場所を探している暇もない。

私は改めて三つ巴《どもえ》の混沌を見つめた。

ゾンビ、自衛隊、群衆が入り乱れて、さながら戦場のような光景だった。

生きるためには、あそこを通り抜けなければならない。

でも、この世界にいる限り〝死〟はいつでも背中合わせだ。

覚悟を決めよう。

「行きましょう、先輩！　生きてここを出ましょう！」

先輩は頷き、ずっと守ってくれたその手で、私の頭を優しく撫でてくれた。

大丈夫。

そう言ってくれている気がした。

「あおい、伏せて！」

先輩の声でサッと身を屈めると、さっきまで頭のあった位置を日本刀が横切っていく。

ヒュッという音のあとに、背後から忍び寄っていたゾンビの生首が地面を転がる。

「後ろっ！」

今度は私の声で、先輩が振り返りながら刀を突き出す。

グサッと眉間を貫かれたゾンビは、その活動を停止した。

群衆の怒号と、銃の発射音。

そこかしこでゾンビに喰われる人々。

自衛隊と一部の暴徒による人間同士での争い。

ここは、再び訪れた地獄の真っただ中。

でも、もう、これで最後だ。自分に言い聞かせ、気力を奮い立たせる。

私たちはひたすら〝この世界〟の向こうを目指した。

「あそこが手薄だ」

「はい」

大勢が入り乱れる中、互いにかばい合いながら進んだ。

転んだ人にすがりつかれ、ずっと履いていた上履きは脱げてしまった。

先輩に噛みつきそうなゾンビに体当たりもした。

取っ組み合いをする暴徒と自衛隊員に巻き込まれて倒れた時は、頭を打ちつける前に先輩が抱き止めてくれた。

どれだけ走っただろう。

どれだけ恐怖を味わっただろう。

どれだけ死を実感しただろう。

やっと、やっとだ。

ようやくバリケードの目前まで来ることができた。

「もう少しだ」

「はい」

ボロボロの顔を見合わせ、頷き合った。

——その時だった。

ダダダダダッと連続的な発砲音。

「あっははははは！　死ね！　死ね死ね死ね死ね！」

「きゃああ！」

「や、やめてく——ぐあっ」

続いて上がる奇声と悲鳴。

ゾンビも人も倒れていく。

見ると、バリケード付近で見境なく銃を乱射している大柄な男がいた。

半笑いで、目が見るからにおかしい。

狂ってる……。

きっとあまりの惨劇に精神が異常をきたしたのだ。

男の傍らにはうつ伏せに倒れる自衛隊員の姿が。

殺した、のだろうか……。

⁉
私は息をのんだ。
男の目が、私を捉えたのだ。
男がニヤリ、と狂気じみた笑みを浮かべる。
っ！
次の瞬間——。
響き渡る銃声。
と、同時に私の体は地面に押し倒されていた。
至近距離には、柏木先輩の汚れてもきれいな顔……。
先輩が、また助けてくれた。
でも、
「う、うっ……」
先輩のきれいな顔が苦痛に歪んだ。
まさか、私をかばって⁉
「先輩！」
「……大丈夫、かすっただけだ」
そう言って、先輩はすぐさま立ち上がる。

だけど……全然大丈夫なんかじゃない。
ふらついてるし、その肩と額からは血がポタポタとこぼれ落ちていた。
「撃たれてるじゃないですか！」
私が叫ぶと先輩は、「フッ」と、あの不器用な笑みを見せて、撃った男に向き直る。
「く、くるなああ！ば、化け物めえええっ！」
男が、先輩に銃口を向ける。
そんな！
――ダメ！　嫌だ！　柏木先輩が――死。
「きゃあああっ！」
時間が速度を変えた。
自分の悲鳴さえ、スローに感じられ、意識は自分すら上から見おろしていた。
駆け出す先輩。
引き金を引く大柄な男。
走る先輩の体中から鮮血が飛び散る。
先輩が刀を振り上げ、そして振りおろす。
男の腕がダランと垂れ下がり、銃を落とす。

叫声を上げ、背中を向けて逃げ出す男。

それを見送ると、ゆっくり前方に倒れていく柏木先輩……。

先輩に駆け寄る私……。

血まみれの先輩の横で泣き叫ぶ私。

「先輩！　嫌です、死なないで」

「……」

「返事してよ！　お願い！」

「……」

動かない先輩。

追い打ちをかけるように、後方から迫りくるゾンビ。

ぐったりとする先輩を引きずる私。

バリケードの向こうに人影が見えた。

「――!!」

近づいてくる人たちに何かを叫ぶと、私はそこで、意識を手放していた。

エピローグ

夢を見ていた。

教室でみんなで笑い合っていた。

いつものようにおどけて、冗談を言う幸希。

それに対して冷静にツッコミを入れる武志。

武志に腕を絡ませながら、純也をからかう澪。

ふてくされてそっぽを向く純也。

ふと、窓の外に視線を向けると、まわりから羨望の眼差しを受けて、仲良さげに校庭を歩く美男美女。紫音先輩と柏木先輩。

ごくありふれた日常。

いつもの光景。

だけど……、私は一人、涙を流していた。

楽しいはずなのに……。

みんなといて、うれしいはずなのに……。

ハッとして目を覚ました。

目に飛び込んできたのは蛍光灯の明かり。

異様に眩しく感じる。

そして、見慣れない天井。

「ここは……」

「あら、気がついたのね。よかったわ」

すぐ近くから声が聞こえて首だけで振り向くと、そこにはナース服を着た女性の姿があった。

「あの、ここはどこですか——痛っ」

起き上がろうとすると、体中に痛みが走った。

「急に動いちゃダメですよ。ここは病院です」

「びょう、いん？」

どうして、そんなところに……。

言われて、ゆっくりと見回してみると、ベッドの横にはテレビで見たことがある数字の映った医療機器が置いてあり、私の手からは透明なチューブが伸びていて上のほうで液体の入った真空パックとつながっている。

女性は看護師さんのようだし、たしかにここは病院のようだ。

でも私は……、ただの夏風邪で、学校の保健室で眠っていたはずで、それから……。

「あっ！」

すぐに、すべての記憶が蘇ってきた。

「先輩！　あの、私と一緒にいた先輩は！」

痛みを堪えて上半身を起こす。

「先輩？」

「そうです！　顔がきれいで、細いんだけど筋肉質で、無表情で、えっと――、柏木雅っていう高校生です！」

一気にまくし立てると、看護師さんは一瞬ポカンとしていたが、

「落ちついて」

と、優しく私の体を元に戻した。

「あなたが、体中打ち身やケガだらけで、ここに運ばれてきたのは三日前よ」

「三日!?　そんなに眠ってたんですか」

「そうよ。だからあまり無理しないで」

「……はい」

「それから、あなたがここに運ばれてきた時は一人だったわ」

「えっ!?　そんな、もう一人いたはずです！　柏木先輩が！　最後まで……私を、守って……」

――私が最後に見た先輩は、全身血だらけだった。

病院に搬送されなかったということは……。

いいや、何かの間違いだ。

だってあんなに強い先輩が、死んでしまうなんて、そんなの。

そんなの……。


それから私は、さらに三日間を病院のベッドで過ごした。

体中が痛くて、トイレに行くのもやっとだったのだ。

限界まで酷使された体と知らずに負っていたケガや打ち身の痛みが、あとになって津波のように押し寄せてきたのだ。

お医者さんが言うには、逃げていた二日間は興奮状態で痛覚も麻痺《まひ》していたのだろう、ということだった。

歩けるようになって休憩室に行くと、テレビや新聞は連日浦高市のことで持ちきりだということがわかった。

やっぱりゾンビが現れた原因は、国立疾病管理センターの火事だった。

なんでも漏れ出したさまざまなウイルスが、火事の高温と空気が媒介となり、奇跡的に結びついて人を化け物に変える最悪のウイルスを作り出したと言っていた。

新聞によっては、疾病センターは事実を隠していると言っているところもあったが、真実は闇の中だった。

浦高市は閉鎖されていて、誰も近づくことはできない。

唯一の朗報は、両親が逃げ延びていて、無事に再会できたことだけだった。

でも、あまりに失うものが多すぎた。

しばらくはショックで塞ぎ込んでいたけど、前を向こうと思い、私は日差しの弱まる夕方を見計らって一週間ぶりに表に出てみた。

病院の庭だけど、久々に吸う外の空気はおいしくて、まだ暑い夏だけど、時折吹く風は肌に心地よかった。

私は——生きていた。

ふと、私を呼ぶ声が聞こえた。

その、聞き覚えのある声に慌てて振り返る。

「あおい」

「!?」

信じられなかった。

そこにいた人物を見て、私は我を忘れて飛ぶように抱きついていた。

抱きつかれた相手がバランスを崩してその場に尻もちをついたけど、私は押し倒すようにして力一杯ぎゅっと抱きしめる。

もう涙は枯れ果てたと思っていたのに、止めどなく溢れてきた。

大泣きしてしまった。

その人は、そんな私を見て、相変わらずの不器用な笑顔を作ると、優しく頭を撫でてくれた。

本書限定　番外編

吹き抜けの天井から、肌に心地いい風が通り抜けていく。

爽やか、まではいかないが、ショッピングモールでウィンドウショッピングをするには、悪くない気分だった。

ブランド品のお店には、色とりどりの洋服が並んでいて、どれも一度は着てみたいと思えるきれいなデザイン。

アクセサリーも意匠が凝らされていて、みんな可愛い。

今は何も身につけたりはしていないけど、ピアスとかつけてみたら、あの人は褒めてくれたりするんだろうか。

可愛いとか一言ぐらいは言ってくれるのかな。

「あおい」

考えていたら、まさにその人がちょうどこちらへやってきた。

相変わらずの無表情に近い顔で。

「悪い、待たせた」

「ううん。それで、必要なものはありましたか？」

「似たようなシャツがあったから着替えてきた」

言われてみれば、シャツはノリがきいていて、彼のようにピンとまっすぐ背筋が伸びている。

ポケッとお店を見ていたから、一瞬忘れていた。

彼の服は、さっきまで真っ赤に染まっていたんだ。

べっとりとした血液で……。

「じゃあ、行こうか」

彼は、何事もなかったように私に右手を差し出す。

私も、

「うん。行きましょう。──雅先輩」

そう言っただけで、すぐに手を取る。

そして、私たちはショッピングモールをあとにした。

誰もいない、静まり返ったショッピングモールを。


恐怖の町と化した浦高市から脱出して一カ月がすぎようとしていた。

近くの病院に搬送された私は、昨日まで入院していた。

その間で一番驚いたのは、最後の最後で死んでしまったと思った雅先輩が生きていたこと。

生きていてくれたことだ。

うれしかった。

再会できた日、私はいろんな想いが込み上げてきて、一日中泣いていた。

そんな中、先輩がどうやって生き残ったのかを教えてくれた。

あの時——。

『正直……あおいさえ無事ならそれでいい。そう思ってたんだ』

『そんなの……ずるい』

『だけど、僕はまだ生きていた。しばらくして目が覚めたんだ。自衛隊とゾンビの戦争かと思える地獄の中でね』

銃弾が飛び交い、ゾンビが暴れ、一秒ごとに死体が増えていく中、先輩は立ち上がった。

『ほとんど無意識だったけど、また刀を拾ってゾンビを斬り始めたんだ。助かるところを見ていなかったから、探してたんだろうね。あおいを』

『そんな……』

『でも、しばらくしたらあおいを助けた自衛隊員が戻ってきて、教えてくれたんだ。あおいが病院へ運ばれたことを』

『それで、やっと助けてもらったんですか』

『ああ。だけど、あまりに重傷だったから緊急手術のできる別の病院へ搬送されたんだ』

そう言ってシャツのボタンを外すと、体を見せてくれた。

傷だらけだった。

手術の痕なのか弾痕なのかわからないけど、とにかく痛々しい傷跡がそこかしこに残っていた。

そのあと、なんて言ったらいいのかわからなくなった私に、先輩は、

『守れてよかった』

そうぽつり呟くのだった。


それから二週間、生死の境をさまよったあと、無理して私に会いに来てくれたのだ。

ただそのあと、病院に戻った先輩は、抜け出したことをお医者さんや看護師さんに鬼のように怒られたらしく、昨日までベッドに無理やり寝かされていたんだそうだ。

大事を取って病院にいた私とは大違いだ。

そして、昨日やっと許可がおりてまた私に会いに来てくれた。

けど……。

そこで、事件は起こってしまった。

いや、まだ何も終わってはいなかったのだ。

浦高市から避難した人の中に、感染者がまぎれていたのだ。

それも一人や二人ではなく、数十人単位で。

気がつけば、近隣の町はゾンビで溢れ返っていた。

噂では、もう関東中どころか日本中に広がっているとか。

政府が情報規制していたせいだとテレビでコメンテーターたちが騒いでいたけど、それどころではなかった。

再び現れたゾンビから、私たちは逃げなきゃならなかったから。

病院から離れ、休業中だったショッピングモールで休憩して、人気のない路地を警戒しながら歩いていた。

また両親とははぐれてしまったけど、きっと逃げ延びていると信じるしかない。

唯一の救いは、私のいる病院にゾンビが現れたのが、雅先輩がいる時だったということ。

一緒にいる。それだけで、こんなに心強い人はいない。

それに……、あの地獄の二日間で、先輩に対して私の中で何かが芽生えていたから。

ただ、みんなが死んでいく中、こんな気持ちは不謹慎だと抑え込んでいた気持ち。

先輩が生きていたことがわかった時、すごくうれしかった。

でもそれは、学校の先輩だからとか、知り合いだからとかではなく、胸がぎゅっと締めつけられてドキドキする感覚。

ずっとそばにいてほしいと願ってしまう想い。

私……雅先輩のことが好き……なんだろうか。

澪だったらきっと、「それ、絶対恋だよっ！」って断言しそうな気さえする。

先輩は、どう思っているのかな……。

こんな時に、そんなことを考えてしまう私はどうかしているのだろうか。

でも、やっぱり澪だったら「こんな時だからなおさらだよ！」って言ってくれそうな気がする。

澪も武志もお互いを一番に考えて、最後は一緒にいることを選んだ。

『恋は誰にも、ゾンビにだって止められないよ！』

どこかで澪の声が聞こえた気がした。

ふと横を見ると、相変わらずの無表情だけどきれいな顔で黙々と歩く先輩の姿がある。

「雅、先輩……」

「？　どうかした」

「えっと……そのう」

言いよどんでいると、ツッコまれる。

「そういえば、呼び方が変わった」

「え？」

「柏木、じゃなくて雅になってる」

「い、嫌ですか？」

ゾンビが現れる前、また会いに来てくれた先輩を見ていたらなぜだか無性に下の名前で呼びたくなってしまって、気づいたら『柏木先輩』から『雅先輩』になっていたんだ。

「構わないよ。僕もあおいって呼んでいるし、少しは近くなった気がするから」

「近く？　ですか」

「そう、前よりも近い存在。ただの先輩ではなくて友達でもない。いっそ『先輩』を外したら」

「よ、呼び捨て！　……してもいいんですか」

笑顔にこそならなかったけど、お互いに呼び捨てにする仲になりたいってこと？

「ああ、そのほうがいい。お互い命を預けている大切な相手だから」

「大切な人……」

心臓が早鐘を打ち始める。

雅先輩が、そんなことを言うなんて。

「あの二日間だけじゃなく、これからも命をかけて守りたいなんて思える人は、そういないから」

これって……。

これって、もしかして……。

「あおい」

大通りに差しかかった時、ふいに先輩が立ち止まった。

空からは大きな夕日が、町を赤く染めていた。

雅先輩の右手が私の左手を優しく包み込んだ。

「こんな時だけど、言っておきたいことがあるんだ――僕は」

「――あ、後ろ！」

先輩が何かを言いかけたのに！　その声に続いたのは、私の警戒の言葉だった。

「ウ、ガ……アアアッ！」

先輩の背中越しに、突然ゾンビが凶悪な顔を覗かせたのだ。

「危ないっ！」

私はとっさに、握っていた先輩の手を強く引いた。

ゾンビの爪と牙が、さっきまで先輩の立っていた空間を引き裂く。

なんとか噛まれずには済んだ。

けど、
勢いがよすぎて、脇にあった自転車にぶつかり、そのまま先輩を巻き込んで転んでしまった。

「きゃあ！」

ガシャン！と、静まり返ったあたりに派手な音が反響していく。

案の定、どこにいたの、と思えるほどのたくさんのゾンビが大通りから、そして後方の民家の陰から湧いて出てきた。

「っ、油断した」

先輩はすぐさま立ち上がると、助かったあともずっと持ち歩いていた刀で、目の前のゾンビの首を切り飛ばした。

噴水のように飛び出す真っ赤な血液が、この世界の有様をまた思い出させる。

「逃げましょう！」

そうは言ったものの、狭い路地である後ろは元より、正面の大通りも、ゾンビで溢れかえっていた。

絶体絶命。

そう思ったのは何回目だろう。

だけど、そう思うたびいつも、道を切り開いてくれたのは先輩で。

今度も、

「あそこに広い駐車場がある。奥のフェンスを越えれば、こいつらは追ってはこれない」

そう言って、自らは違う方向へ突っ込んでいってしまう。

ゾンビを引きつけるためだ。

私を守るためだというのはわかっている。

でも、私は気づいてしまった。きっと先輩が好きなんだと。

だから私も先輩を守りたい！　先輩の負担を軽くしたい！

初めて出会った日、先輩の家で「私も守ります」って曖昧に答えたのとは違う。今は心からそう思えている。

絶対に死なせない！

瞬間、一際高いビルを指さし、

「雅！　向こうに見える大きなビル！　あそこで合流しましょう！　お互い見失ったらあそこで！」

大きな声を張り上げていた。

おかげで、先輩に群がるゾンビの半数はこちらに向きを変えた。

あとは足手まといにならないように、逃げるだけ。

正直言ったら怖い。力のない私は、きっと何かにつまずいただけで追いつかれて死ぬことになるんだから。

けどゾンビに囲まれている先輩より、百倍マシだ。

私は、勇気を振り絞って、全力で走り出した。


ハァハァハァ……。

吐き出す息の音が、一向に鳴りやまない。

本気で何百メートルも走って、夢中で二メートル近くあるフェンスによじ登って、安全そうな路地裏にたどりついたのは五分以上は前のはずだった。

それなのに乱れた呼吸は、まだ落ちついてはくれない。

慣れているつもりだったけど、やっぱり命の危険にさらされるのは怖い。その緊張とストレスでまだ心臓が落ちついてくれないのかもしれない。

なんとか逃げきったみたいだけど、あたりはすでに暗くなり始めていた。

民家にはほとんど明かりなんてなく、しんと静まり返っている。

心細い……。

だけど、先輩との待ち合わせ場所に行かなくては合流できない。

連絡手段のない広い町の中で、偶然出くわすなんてありえないだろうから。

私は重い腰を上げて、なんとか立ち上がった。

そんな中、

「雨？」

ぽつりぽつりと降り始めたそれは、次第に勢いを増してきた。

すると、

「ギィア、ア……ッ」

雨の音に導かれるように、ゾンビが徘徊し始めた。

そこかしこで、フラフラとさまよっている。

目は見えていないはずだから、気をつければ移動はできるはず。

慎重に、慎重に……。

自分に言い聞かせながら、手首から下がないゾンビの横をそっとすり抜ける。

すれ違う時、突然ガバッと顔を寄せられて、悲鳴を上げそうになったけど、なんとか我慢できた。

そうやって少しずつでも進んでいく。

でも、何体目かのゾンビを避けた時、やってしまった。

私ではなく、転がっていた死体に足を取られた女性のゾンビが、こっちへ倒れ込んできたのだ。

それに巻き込まれてしまった。

バシャン！

跳ね上がる水しぶき。

近くにいたゾンビ三体の真っ白な目がこっちを睨んだ。

「ひっ！」

すぐに立ち上がろうとしたけれど、一緒に転んだ女性ゾンビが私の髪を掴んできた。

すごい力で、髪の毛を口へと誘っていく。

「い、嫌……」

ガチガチと髪に貪りつかれ、頭が次第に引き寄せられていく。

このままでは噛まれる。

「……や、やめて。まだ……、死にたくない！」

思わず漏れ出た声に、先ほどの三体のゾンビが確信したように私へ狙いを定めた。

抵抗する間もなく両足と手を三方向から引っ張られ、体が宙に浮く。

髪は屈んだままのゾンビに食いつかれたままで、まったく身動きが取れない。

ゆっくりと、左右から彼らの口が、私の体へ迫ってきた。

「まだ気持ち伝えてない、よ……」

好きだって……。

こんなところで死ぬなんて、思ってもみなかった。

せっかく、あの二日間を生き延びたのに。

せっかく、大切な気持ちに向き合えたのに……。

雨に入り交じって、私の目からも水滴がこぼれ落ちてくる。

好きな人に想いを伝えられずに死んでしまった小百合や紫音先輩は、こんな気持ちだったのかな。

……。

嫌だ……。

誰か、助けて……。

「み、や、び……」

――その時だった。

「うおおっらああ！」

まるで獣の雄叫びのような、力強い声が響いた。

続いて、私を持ち上げていたゾンビたちが鈍い音とともに吹き飛んでいく。

「え？」

三体ほぼ同時に近くの壁に激突して、動かなくなっていく。

最後に髪が自由になったと思ったら、いつの間にか私は男の人の腕の中にすっぽりと収まっていた。

あとで聞いた話だと、その人は片手で私を支えながら、もう片方の手に持っていたバットで、力任せにゾンビを殴り飛ばしたのだという。

そのゾンビ顔負けの怪力にもびっくりしたけど、この時の私はそれどころではなかった。

だって、

「ケガは？　噛まれてはないよな」

そう言って私を覗き込んだその顔は、絶対に会えるはずのないあの人。

私をかばって死んだはずの……、

「——純也！」

死んだはずの幼なじみだったから。


「純也！」

私は思わず抱きついていた。

意表をつかれた純也が尻餅をついても、

「いってて。……おい、急に暴れんなよ。恐怖でおかしくなったのか？」

悪態をついても、

「うるさい！　バカ！」

「バ、バカ⁉」

それでも、離さなかった。

だって、あの純也が生きていた。

幼稚園からずっと仲良しで、いつも一緒にいるのが当たり前だった大事な幼なじみ。

純也が。

こんなにうれしいことはない。

次の瞬間、私の目から涙がこぼれ始めた。

「おい、泣くなよ」

「普通は泣く！」

「グエッ！　首、締まってるぞ！」

「だって、だって……」

「ったく。殺す気か……ひとまず、隠れるぞ」

純也はそう言って私の頭をポンと叩くと、すぐ近くの民家の玄関を開けた。

そっと警戒しながら進み、居間にあったソファへ私をおろした。

「誰もいねえよな」

「一応、家の中を見てくるから、そこにいろ」

「うん」

家の中へ入ってほっとしたら、なんだか力が抜けてしまって、ようやく純也を解放した。

五分後、他の部屋や二階を確認した純也が戻ってきた。

「ほら、これ使え」

どこかで見つけたらしいバスタオルを投げてくれる。

ゾンビのよだれと雨でビショビショだった私は素直に受け取り、体をふいた。

「な、なんでそんなにじろじろ見てるの?」

噛まれた髪を丁寧にぬぐっていたら、純也がじっと私を見つめてくる。

「ん?　いやあ、やっぱちょっと似てるなと思って」

「似てるって、誰に?」

「ああ。俺の彼女」

「か、彼女⁉」

驚く私をよそにポケットからスマホを取り出すと、待ち受け画面を見せてくる。

そこにはたしかに、背格好や髪型が私に似た女の子が映っていた。

「い、いつの間にそんな――」

「いつの間も何も、二年前からだけど……」

「そんな昔から！　そんな人がいるならどうして教えてくれなかったのよ！」

「教える？　んん……。なんかさっきから話が噛み合ってない気がするんだけど」

我知らず、キッと睨んでしまった。

だって、純也が私に告白したのは、まだ一カ月前のことで。ずっと一筋だったって言ってたのに。

別に純也と付き合おうとか考えてたわけじゃない。けど、なんだかムカツク。そんなの私の知ってる純也じゃない。

「あのさ」

「何よ！」

「念のため言っておくと、俺の名前は『まさき』だ。『純也』じゃねえぞ」

「え!?」

「な～んかおかしいと思ったんだよな。やっぱりその純也とかいう奴と勘違いしてたのか」

「何を……言ってるの」

「まあ、俺も最初は、お前を彼女と間違えて助けたんだけどな」

うそ……。

だって、顔も体型も声も、話し方だって純也そのものなのに。

「別人……なの」

「そうだ」

けど、そう言われれば説明はつく。

まっすぐな性格で不器用な純也が、もし彼女なんていたなら、二年も私に隠し通せるはずはない。

「そう……なんだ」

そっくりだけど、純也じゃない……。

「おい、お前、今あからさまにガッカリしなかったか」

「ご、ごめん、なさい」

「まあ、いいけど。——そいつのことそんなに好きだったのか？」

「……うん。すごく大切な幼なじみだった」

「俺も彼女を探してるんだけど、見つからなくてな」

「さっきの写真の人？」

「ああ、危なっかしくて放っておけない奴でな」

「見つかるといいね」

「お前のほうもな」

「わ、私は……純也はもう……」

最後まで言わなかったけど、なんとなく察してくれたらしい。

「そう、だったのか。なんか悪いこと言っちまったか」

「ううん。……大丈夫」

ピンポン！

「ひゃっ！」

「なんだ！」

しんみりしていたら、突然玄関のベルが鳴った。

「ゾンビか！」

「ゾンビはわざわざそんなことしないでしょ」

「そう言われれば、そうだな」

玄関へと延びる廊下へ顔を出してみると。

ガチャリ。ドアノブが回る。

顔を出したのは、

「雅先輩！」

予想どおりだった。

ゾンビの包囲を突破して、すぐに追いかけてきてくれたのだ。

「知り合いか?」

「うん」

「おーい、先輩とやら。入っていいぞ」

「なんでそんなに偉そうなの?」

「あ? だってここは俺の家だからな」

「そうだったの!」

だから、薄暗くても躊躇なく家の中を歩き回れたのか。

「あれ? 先輩?」

どうしたんだろう。

雅先輩は、玄関からこちらを、というより……まさきさんを凝視している。

「……純也、なのか」

そうだった。説明しなくては。

私は玄関まで迎えに行き、ひとまず先輩を居間へ案内した。

「真田《さなだ》まさきだ」

「柏木雅……」

「私は、涼風《すずかぜ》あおい。さっきは助けてくれてありがとう、まさきくん」

先輩にさっきあったことを説明すると、私たちは思い出したように自己紹介をした。

そのあと、

「今日はもう暗いから、ここに泊まってってくれ」

と言うまさきくんの言葉に甘えて、食べ物と水も分けてもらった。

雅先輩がここへ来る時、近くにゾンビがいないのを確認してきたから、音を立てるのだけは注意して電気はつけられたので、かなり居心地はいい。

「でも、先輩。私がここにいるってよくわかりましたね」

「逃げた方向はわかっていたから。家に入るところが遠くから見えた」

あんな状況でも、心配して追いかけてきてくれていたんだ。

そう思うと、やっぱりうれしい。

だけど、

「先に眠らせてもらう」

食事も早々に、先輩はまさきくんとも、私ともあまり会話をせず、使っていいと言われた二階の部屋へ引っ込んでしまった。

「どうしたんだろう」

「疲れたんだろ。一日中ゾンビ倒しまくってたんだろ」

「うん……」

なんとなく違和感を覚えながらも、結局何も聞けず、その日は終わりを迎えた。


翌朝。

「近くにある高校に大勢が避難している。ひとまずそこへ移動しよう」

と言うまさきくんの提案で近くの高校を目指すことになった。

なんでも、その学校には警察官やお医者さんも避難しているらしい。

この地域にゾンビ騒動が起こったのが日曜日で、学校は無人だったため、安全が確保された状態を保てているらしい。

浦高市のように平日だったら、私の高校のように生徒のゾンビで溢れ返ってしまっただろう。

「どうした？」

「あ、うん。……雅先輩が」

先輩は私たちから少し遅れて歩いている。

「どうかしたのか？　後ろを警戒してくれてるんじゃないのか」

そうかもしれない。けど、やっぱり何かが違う。

これまでの先輩なら、必ず先行して危険を回避するよう努めていた。

まるでそれが義務みたいに一カ月前も、今回もずっとそうだった。

それなのに今日は警戒とは真逆で、足下ばかり見ている気がする。

昨日の夜、様子が少しおかしかったのが関係しているのだろうか。

いつも以上に口数が少なくて、なんとなく元気がないような感じだった。

「具合でも悪いんですか」

私は遅れている先輩に歩みを合わせた。

「いや」

「どこか痛むんですか」

「いいや」

「じゃあ、何か嫌なことでもありました？」

その質問で、眉がピクリと動いた。誤魔化すように目を少しそらしたのも、私は見逃さなかった。

「もしかして、純也が生きていると思ったけど、別人だったからガッカリしたんですか」

まさきくんに悪気はないけど、私は本当に残念に思ってしまったから先輩もそうなのかと思った。

純也は剣道部の後輩で、雅先輩を慕っていたから。

だけど、答えはまったく予期しなかったものだった。

「その逆なんだ」

「？　何を——」

「真田が、純也じゃなくてほっとした自分がいた」

「うそ……ですよね」

「本当だ」

まっすぐに私を見据えた先輩の目はそれを事実だと告げていた。

一瞬だった。

真っ白になるどころか、体中の血液が頭頂部まで上ったみたいに頭がカーッと熱くなっていた。

純也じゃなくてよかったなんて！

「うそです！」

全否定したくて、大声を上げていた。

「先輩はそんな人じゃありません！」

「あおいに、僕の心がわかるわけがない」

それにつられたように先輩も語気が荒くなる。

「どうして！　そうしてそんなこと言うんですか！」

そんなの！

「雅先輩らしくない！」

「僕らしいって、なんだ。――抱き合う二人を見ても黙っていたことか！」

「え？」

見られてた？　まさきくんに抱っこされたまま抱きついていたところ。

だけど……、だからって、

「やっぱり、純也のことが好きだったのか」

なんて言ってほしくなかった。

先輩には一番、そんなふうに思ってほしくなかった。

そのせいで、私の頭はさらに沸騰してしまった。

「じゃあ、先輩はどうなんですか！　紫音先輩は先輩のことが好きだったんですよ！　一カ月前、紫音先輩は、あんな時でも雅先輩を探して本当は二人で一緒に逃げようとしていたんですよ！　そっちこそ、本当は付き合っていたんじゃないんですか！」

「なんでそんな話になるんだ！　今は紫音のことは関係ないだろう！」

「関係大ありです！　先輩だって私の気持ちなんかまったくわかってないくせに！　もう――、嫌なら私のことなんて守らなくていい！」

プツリ……。つながっていた糸が切れてしまった気がした。

ずっとつながっていた絆《きずな》を、私は勢い任せの暴言で自ら切ってしまった。

『あおいを、僕に守らせて』

『私も先輩を守ります』

ゾンビが初めて現れたあの日。生死の狭間で交わした単純だけど、唯一の、とても大切な約束。

それを私は……。

ハッと我に返った時には遅かった。

先輩はもう何も言い返すことなく、ただ立ち尽くしていた。

「お前ら！　なに考えてんだ！　ヤバイぞ！」

まさきくんの声に振り返ると、進行方向から、大量のゾンビが押し寄せてきていた。

あれだけ大きな声で騒いだのだから当然だった。

でも、それだけじゃなかった。

ブオンブオンッ！　というけたたましいエンジン音を響かせた暴走車が、ゾンビをはね飛ばしながら、こちらへ向かってきていた。

「オラー！　クソゾンビどもが！　死ねーーっ！」

運転手は窓も閉めずに、狂ったように叫んでいる。

「さちこと息子の敵《かたき》だ！　全員くたばれーーっ！」

大切な人を殺されて自棄になっているようだった。

目は充血してイッてしまっている。正気ではないのは明らかだった。

「ぼさっとしてんな！」

ふわり、宙に浮くほどの強い力で、道路脇に引き寄せられる。

まさきくんが、車が通りすぎる間一髪のところで、ボケッとしていた私を引き寄せてくれたのだ。

だけど、同じ瞬間。

ドゴッ！

鈍い音が耳に届いていた。

「……うそ」

車が通りすぎたあと、道の反対側では、雅先輩が地面に横たわっていた。

轢かれたの？

「そんなはずは……」

あの運動神経抜群の、恐ろしいゾンビだって簡単に倒してしまう先輩が？

信じられなかった。それでも現実は待ってはくれない。

「来るぞ！」

遠ざかっていく暴走車のエンジン音に引き寄せられたゾンビたちが、大挙して押し寄せてくる。

「雅先輩！　起きて！」

「おい！　騒ぐな。余計引き寄せちまう」

「だけど、雅先輩が――」

「だ、い、じょうぶ……だ」

動揺していると、刀を支えにしてゆっくりと立ち上がる先輩。

「よかった……生きて、た」

そう思い、ほっとしたのも束の間。

「先に、行っててくれ」

先輩は、力ない声で言うと、ガクッと片膝をついた。

足が折れてる？　頭からもツーと血液が垂れてきて、頬を伝っていく。

「大ケガじゃないですか！　置いてなんていけません！」

「頼む……真田……あおいを……」

私が言うことを聞かないと思ったのか、先輩は、まさきくんを真顔で見つめる。

「頼む」

「……わかった」

「な、何を言ってるの？　まさきくん！　やめて！　私は先輩を——」

雅先輩に駆け寄ろうとした私をまさきくんは、強引に担ぎ上げた。

「ダ、ダメ！　先輩が！　先輩が死んじゃう！」

「ア、アア——ガアッァ」

私の叫びはすぐそこまで迫っていたゾンビたちの唸りと足音にかき消されていく。

最後に見た雅先輩は、足を引きずりながら、ゾンビに刀を突き立てていた。


「おーい。もう泣きやんだか」

懐かしさすら覚える高校の教室。

学校は違うけれど、私は自分が座っていたのと同じ席に腰をおろしていた。

ここは、まさきくんが言っていた大勢が避難している高校。

私を担いだまさきくんは、暴れる私をものともせずに、ここまで力ずくで連れてきたのだ。

しばらく私は泣きながらダダをこねていたけど、今はだんだんと気持ちが切り替わってきていた。

もちろん、雅先輩を諦めたわけではなく、生きていると信じて助けにいくのだと。

「食うか？」

まさきくんが、水とパンを机に置いてくれる。

外にはゾンビがうごめいているけれど、食料まであって本当にここは安全が確保されているようだった。

四方は高いフェンスで囲まれているし、門の高さも二メートルはあった。

校庭と裏庭は広めに設計されていて、道路から校舎や体育館は離れていて音も外へは響きにくい。

怒られながらも、廊下を走り回る子供たちがいたぐらいだ。

泣きながらだったけど、ついてすぐお医者さんにあちこちにあったすり傷を治療してもらった。雅先輩を連れてくれれば診てもらうこともできる。

私は遠慮なくパンを食べながら、さっきのことを懸命に思い出していた。

離ればなれになる直前、まさきくんに担がれた私が最後に見たのは、刀をゾンビに突き刺していた雅先輩。

その時、先輩はちょうど脇にあった細い路地に足を引きずりながらも入っていくところだった。

左右が壁のような建物のあそこなら、何体かゾンビを倒せば正面にも壁ができて身を隠せるはず。

そうしたら、あとから来るゾンビがどれだけいたとしても、やり過ごすことができるのではないか。

何度も危機を切り抜けてきた先輩なら、とっさの判断でそのぐらいは思いついてもおかしくはない。

冷静になればわかる。

そう、先輩は絶対に生きている。

あの地獄の二日間を生き延びた先輩が、そう簡単に死ぬわけがないのだ。

一気に水を飲み干すと、私は外を眺めるまさきくんに頭を下げていた。

「お願いします！」

「んあ？」

「一緒に雅先輩を助けに行ってください」

「……気持ちはわかるけどな。あの状況で生きてるとは――」

「生きてます！」

私は一生懸命、いま考えていたことを説明した。

「なるほどな。……でも、それって推測だろ」

「そう、ですけど……それでも絶対生きているって思えるの」

まさきくんは腕組みをして虚空と睨めっこを始める。

「あれ？　まさき」

教室の入り口から、女性の声が聞こえてきた。

「……まさかあなたにそんな趣味があったなんてね」

女性はキッとまさきくんを睨むと、

「女の子を泣かせて、頭を下げさせるとか……最低！」

ズンズンと教室へ入ってきてまさきくんの前に仁王立ちした。

「お、おい！　誤解だって！　勘弁してくれよ、マキ」

やってきた女性は、まさきくんが必死で探していた彼女の谷地前《やちまえ》マキさんだった。

まさきくんが彼女を探しに行くのと入れ違いでここへ避難していたらしく、戻って再会を果たしたのだ。

最初は二人とも周囲も気にせず喜び合っていたけど、私に気づいたマキさんがお医者さんを呼んだり、まさきくんに食べ物を取ってくるように指示してくれたのだ。

同い年で外見は私に似ているけど、中身はすごくしっかりした女の子だ。

同級生だけど、お姉さんみたいだから、自然とマキちゃんではなくマキさんと呼んでしまう。

「あおいちゃん大丈夫？　もしかして、まさきにエッチなこととかされたの？」

いいえ……と私が答える前に、

「そ、そんなことするか！」

まさきくんが声を張っていた。

「そんなこと？　なんかそれってこんなに私に似てるあおいちゃんに言われると、二人とも魅力ないみたいな言い方じゃない？」

「そういう意味じゃねえだろ！　ったく……アホか」

「アホ？　ひど～い！　万年《まんねん》赤点補習のまさきに言われたくない！」

「ああ、そうですか！」

「ええ、そうですよ！」

「ちょ、ちょっと二人とも」

止めながらも、笑ってしまった。

二人も私の前だと思い出したのか笑い出す。

……なんだか、懐かしい。

教室にいるからそう思うのか。昔、平和だった頃は、よく友達とこういうやりとりをしたし、どこからともなく聞こえてきていた。

どこにでもある、普通の高校の風景。

思い出したら、余計に気が引きしまった気がする。

雅先輩とも、こうして笑い合いたいから。

「それで、あおいちゃんはどうして頭なんか下げていたの？」

「それは……」

大切な人を危険なところへ連れていこうとしているから、マキさんには言いづらかったけど、言ってみたら。

「何よそれ！　助けに行くに決まってるじゃない！」

マキさんはすごく興奮し出した。

「こんな最悪な世界になっても、自分よりその人のためなんて、すごく素敵じゃない！」

「おいおい、煽《あお》るなよ。あおいだって、そのせいで死ぬかもしれないんだぞ」

「それでもいいって思えたからお願いしてるんじゃない！　さっき聞いたでしょ。あおいちゃんたちは浦高市から何度も死ぬ思いをしてきたのよ。それでも、まだ危険に飛び込もうとするなんて、ちょっとどころか本気でその人を好きじゃなきゃできないわよ」

「まあ、たしかに……」

「理解できた？　それじゃ、行きましょう！」

「待て！　行きましょうって、まさか！」

「もちろん！　あたしも行くわよ！　雅くんを助けに」

マキさんは、私を励ますようにポンと背中を叩いた。

「それじゃあ、救出チームを紹介するわね」

木々が生い茂った裏庭。

胸を張ったマキさんが、そこに並んだ人たちに視線を投げた。

「まずは、もう知ってるけど真田まさきね。特技は熊みたいなバカ力」

「バカは余計だ」

まさきくんはふてくされて、ぷいっとそっぽを向く。こういうところも本当に純也そっくりだ。

「その隣が、相馬敦司《そうまあつし》。あたしたちのクラスメイトで空手部のエース。すっごく強いから頼りになるわよ」

「よろしく」

相馬くんは、目が鋭くって金髪で、普段会っていたらちょっと怖いと思えるようなタイプ。

「三人目が――」

「相馬優子《ゆうこ》です。敦司とは似ていないけど二卵性の双子の妹なの。私も空手部。よろしくね」

自ら自己紹介したのは、似てないとは言ったけど、目元は敦司くんとそっくりな背の低い女の子。

「そして最後が、あたし。谷地前マキ。特技は水泳」

「す、水泳⁉」

「ああ！　今、役に立たないって思ったでしょう」

「……そ、そんなことは」

「冗談よ！　本当は剣道部だから安心して」

そう言って持ってきた木刀をポンと叩くマキさん。

マキさんの呼びかけで集まってくれたこの四人が、危険な外へ一緒に行ってくれることになった。

目的はもちろん雅先輩の救出。

この学校には警察官もいるという話だったけど、大人には声をかけていない。

昨日、まさきくんがマキさんを探しに行こうとした時に全力で止められたと聞いたから。

まさきくんはこっそりと抜け出したとのことだった。

そんな大人も出ようとしない外へ、見ず知らずの私のために、四人も集まってくれたことがうれしかった。

本当にいい人たちで感謝してもしきれない。

でもだからこそ、

「みなさん、一つだけ約束してください。もし、危ないと思ったら絶対に逃げてください」

助けを求めておいて、矛盾していることはわかっている。

だけど、言わずにはいられなかった。

もう誰も、死んでなんてほしくはないから。

「大丈夫よ。あたしたちだって死にたくはないもん。それに……、じつは表に出たい理由がみんなあったりしてね」

そのマキさんの言葉に全員が頷いていた。

「俺たちは目の前でじいちゃんをゾンビに殺されたんだ。あれから、ずっと頭のモヤモヤが離れてくれない」

「代わり……じゃないけど、助けられる人がいるなら助けたいの」

と相馬兄妹。

「あたしの目的は柏木雅」

意外なことを言い出したのはマキさん。

「昔、親に連れていかれた剣道の試合で彼を見たことがあるの。すごく強くてかっこよかったんだ……。それがきっかけであたしは剣道を始めたの。じつは憧《あこが》れの人なんだ、柏木雅」

「おい、そんなの初耳だぞ！」

それを聞いて動揺し出す、まさきくん。

「だって、初めて言ったもん。——それよりまさきこそ、手伝う理由はあたしが行くからだけじゃないんでしょ」

「ああ？」

「あおいちゃんのこと、じつは気になってたりして〜」

「アホか！」

再びまさきくんはそっぽを向くけど、

「っていうわけだから、あおいちゃん。気にしないでね」

とマキさんが締めくくった。

みんなそれぞれ理由があるのはわかった。まさきくんはやっぱりマキさんのためだろう。一人で危険を犯してでも探しに行ってしまうぐらい好きなのだから。

とはいっても、やっぱり死んでなんてほしくない。

だから、私自身も戦えるようにした。

この学校の弓道部から、弓と矢、予備の矢を入れておく矢筒。手につけるゆがけ。

それから胸当ても借りてきた。

「危ない時は絶対に逃げてくださいね」

そして何度もみんなに念を押して、私たちは死と隣り合わせの世界へ自ら足を踏み入れた。


学校の裏門から出た私たちは、ゆっくりと慎重に進んでいた。

まだ、日も高いから視界も悪くはない。

その分、見えてしまうゾンビのおぞましい姿には、相変わらず恐怖を感じるのだけれど。

「それで、どこに向かってるんだったか？」

隣を歩くまさきくんがマキさんに問いかける。

「あおいちゃんの話、聞いてなかったの？　Rビルでしょ」

「そうだったな」

マキさんの言ったとおり、私たちはオフィスや飲食店の入った大型の商業ビルだというRビルに向かっている。

そこは、最初に雅先輩と別れる直前、私が合流地に選んでいた場所だ。

なんでかといえば、ケガを負った雅先輩の奥にそのビルが見えていたことを思い出したから。

私たちが避難している高校の位置を知らない先輩は、きっとそこにいる。

そう直感したから。

「おい！　前から一体来るぞ！」

うまく進んでいたけど、すべてを回避できるわけではない。

横道や隠れる場所のないところで、ゾンビと遭遇してしまった。

「まかせろ」

「まかせて」

先頭を歩いていた敦司くんと優子ちゃんが、左右からゾンビに近づいていく。

「すごい！」

マキさんが言っていたとおり二人とも強かった。

敦司くんはタオルをグルグル巻きにした拳で、優子ちゃんは素早い足技で、ゾンビへ鋭い攻撃を与えていく。

そこへ、まさきくんがバットで強烈な一撃。

グシャッと嫌な音を立てて、頭をへこませたゾンビが動かなくなる。

大丈夫。これならきっと先輩を助けられる。

私の思いを察したのか、マキさんが小さく頷いた。

——一時間後。

先輩を置き去りにしてしまった場所へようやくたどりついた。

慎重に道を選んで、なるべく隠れて進んできたから時間はかかったけど、そのおかげで誰もケガ一つ負ってはいなかった。

順調だった。

先輩を最後に見た路地も、

「やっぱり」

「あおいちゃんの言ったとおりね」

入り口を塞ぐようにゾンビが折り重なっていた。

ゾンビの死体をどかして、先輩が進んだであろう道を進む。

だけど……、最後までそんな簡単に行かせてはくれなかった。

ビルを目指して、いくつか角を曲がった時だった。

「おい、マジかよ」

「何よ、あれ」

呆然とする先頭を歩いていた敦司くんと優子ちゃん。

その視線の先には、

「や、やめろー！」

「きゃあああ!」

地獄が広がっていた。

たくさんの逃げまどう人々。それを追う真っ白な目のゾンビ。転がる死体。吐き気をもよおす血の臭い。

あちこちで火が燃え上がり、無数の黒い煙が空へと延びていた。

それは、樹木の植えられた広い遊歩道からその先のドーム状の建物まで広がっていた。

「あの建物って」

「多目的ホールだ。ライブとかイベントに使われるやつだ」

私の疑問に、ここが地元のまさきくんが答える。

「もしかしたら、何かやっていたのかもな」

「そういえば、アイドルのライブがあるって友達が楽しみにしていた」

と、今度は優子ちゃんが思い出す。

「それか……」

進めなくなってしまった。

目的のRビルは、そのホールの真後ろにあるのに。

「いったん戻って迂回すればいいんじゃない? 裏口とかないの?」

「わからない。でもたしかこっち側からしか行けなかったはずだ。車もほら、あそこから出入りするんだ」

遊歩道の隣には車道があって、ここからだと、たしかにそこからしかつながっていないように見える。

時間をかけて探せば裏口はあるのかもしれないけど、敷地が広すぎてそれも難しそうだった。

たとえあったとしても、そこから入れるとは限らないし。

何よりこれ以上、時間をかけたくはなかった。

先輩が重傷を負っているのはわかっているのに慎重に進んできたから、もう太陽も傾き始めている。

視界が悪くなれば、音に敏感なゾンビが有利になるのだ。

そんな中で救出なんて絶望的に思える。

「みんな、ここまでありがとう」

決めた。

「ここからは私一人で行く」

これ以上、みんなを私のわがままに付き合わせられない。

「おい、お前はバカか」

「ごめん、あおいちゃん。今回ばかりは、あたしもまさきに賛成」

「まさきくん、マキさん……」

「ここまで来て一人で行かせるわけねえだろ」

「そのとおりよ。ここしか道がわからないなら行くしかないでしょ」

「そろそろ暗くなりそうだしな」

「雅さんも一刻を争うケガかもしれないしね」

敦司くんも優子ちゃんも……。

四人とも意志のこもった目を私に投げてくる。

なんて優しい人たちなんだろう。

「でも、あんなところ通るなんてどう見ても無茶だよ」

「なら、余計に弱いあおい一人じゃ死ぬだけだろ。ほんとアホだな」

「でも……」

「もういいから、黙っとけ」

これで終わりとばかりにまさきくんが言うと、

「さて、みんなの意見もまとまったし、どうやってあそこを突破するか考えましょう」

マキさんが続けた。

何も言えなかった。

私は、これからみんなを危険にさらす。

もし誰かが死んでしまったら私の責任だ。

もしもの時は、私がみんなの盾になろう。

万が一死ぬ人がいるなら、最初に死ぬのは絶対に私。

もし私が死んでも……、それでも、私は雅先輩を助けたい……。

一人決意すると、私は作戦会議に加わった。


「きゃあああっ！」

「痛い！　痛いよぉぉ！」

「クソッ！　死ね死ね！」

悲鳴と怒号が飛び交う中、私たちは全力で走っていた。

「おい！　こんなのが作戦っていうのか！」

「まさき！　つべこべ言わない！」

たしかにまさきくんの言うとおり、これは作戦なんて呼べるものではない。

最初は、私が窓ガラスとか音の出そうなものに矢を放って、ゾンビがその音に引き寄せられているうちに移動。また矢を射る。というのを繰り返そうと思った。

けど、混乱し、あちこちで人々やゾンビが争う中では、まるで無意味だった。

せいぜい、近くにいた一、二体を振り向かせる程度だった。

そこで、

「どうせこのままパニックなら、一気に走り抜けましょう！」

と言うマキさんの意見になったのだ。

いまだにホールから生存者が逃げてきていて、ゾンビと入り乱れている状況なのだ。

止まりさえしなければ、ゾンビはこちらに向かってくる確率は低い。

もちろん、混乱した人たちが私たちに注意を払ってくれるわけではないから、危険は危険だ。

そして、それは起こってしまった。

「た、助けてくれー！」

「あおいちゃん、危ない！」

パニックになった男性が、私に掴みかかってきたのだ。

「あ！」

注意していたはずなのに！

足を取られて体勢が維持できなくなる。

転ぶ！、

顔が地面へと吸い寄せられていく。

「痛っ！」

思わず声が漏れ出てしまったけど、来るはずの衝撃はそれほどでもなかった。

それもそのはずで、

「ギリギリ……セーフ、だったな」

まさきくんが私を受け止めてくれていた。

「あ、ありがとう」

だけどそのせいで、

「血が！」

ズボンの破けた膝と手の甲に痛々しい傷ができてしまっていた。

「ん？　こんなもんツバつけときゃ治る」

そんな軽いケガではない。かなり出血している。

「まさき！」

そこへ戻ってきたマキさんが、慌ててハンカチで止血する。

「いって！　もう少し優しくやれよ」

「な、何よ！　心配してるのに、その言い方！　だいたいね、男だったらもっとスマートに助けなさいよ」

「無茶言うな……ったく。お前こそ女ならもっと可愛らしく治療しろ」

文句を言い合いながらも、助け合っている。

本当に思い合っているんだというのが伝わってくる。

そんな二人を見たら、私も早く先輩を助けなきゃという気持ちで満たされていく。

「さあ、行きましょう。もうあと半分よ」

「まさきくん、走れる？」

「当たり前だ。まだ、あおいとマキよりは速い」

少し強がって見えるけど、大丈夫そうだ。

そう思った矢先だった。

走り出そうとした進行方向が、いつの間にか人とゾンビで溢れているのに気づいたのは。

「あれじゃあ通れない……」

「ホールからどんどん人が逃げてくるからな」

そうなのだ。中にもゾンビが入り込んだのだろう。

入り口は殺到した人で、もみくちゃになっている。

そこから抜け出た人たちが、人間同士で争ったり、表にいたゾンビから逃げまどったりしているのだ。

そこへ、先行していた敦司くんと優子ちゃんが人とゾンビをかき分けて戻ってきてくれた。

「大丈夫か」

「なんとかな」

そして、

「俺たちが道を作るからついてきてくれ」

そう言ってまた喧噪の中へ入っていった。

すると、

「こっちだ！」

一分もたたないうちに人垣の中に、ぽっかりと空間が空いた。

「どうやったんだろう」

「まわりの奴を片っ端から殴って、蹴り飛ばしたんじゃねえか」

「まさきじゃないんだから……。たぶんあのへんのゾンビを倒したんだと思う。それで、襲われてた人はみんなその場から逃げたってことじゃない」

「だから、あそこだけ誰もいなくなったんだ」

二人とも強くて頭もいいんだ。

「まあ、それも何分持つかわからないから早く抜けちゃおう」

「だな」

感心する私を促してマキさんとまさきくんが動き出す。

それに私も続いた。

開けた道を通る時、左右に別れていた敦司くんと優子ちゃんは、近くで襲われている人を助けていた。

マキさんの言ったとおりだ。

これなら行ける。

けど、そう思った時だった。

「し、しし――死ねえ！　化け物があっ！」

パニック状態の大柄な男が大きなサバイバルナイフを持って、優子ちゃんに突進していた。

優子ちゃんは同い年ぐらいの女の子を助け起こしていて、反応が遅れている。

「ダメ！」

ズブリ……。

ナイフは深々と腕に吸い込まれていた。

でもそれは、

「敦司！」

優子ちゃんの元へ間一髪で駆けつけた兄の敦司くんの腕へだった。

「このぉっ！」

優子ちゃんが怒り任せに、ナイフを突き刺した相手を蹴り飛ばす。

男は、地面に頭を打ちつけて気絶したようだった
「敦司！」

みんなが敦司くんの元へ駆け寄る。

「ひでえな。こりゃ……」

まさきくんの言ったとおり、大きなナイフは肘の前、前腕部分を貫通していた。

「どうしよう……、どうしようマキ！」

うろたえる優子ちゃん。

当たり前だ。こんな状況、普通に生きていたら経験なんてするはずのないものなんだ。それが、自分をかばったお兄さんだったらなおさらだろう。

「あ、つし……」

しっかりしているマキさんでさえ、言葉を失っている。

もう、限界かもしれない。

これ以上何かあれば、今度はこの中の誰かがパニックになってしまうかもしれない。

そうなると、一人、また一人と倒れていく。死んでしまうのだ。

私は嫌というほど見てきた。

それが、この最悪な世界なんだ。

「マキさん。敦司くんと優子ちゃんを連れて帰って」

「あおい、ちゃん⁉」

「このままだと、敦司くんは動けない。動揺している優子ちゃんも……もう無理」

このままだと二度と帰れなくなりそうだから。

「だけど、それじゃあ、あおいちゃんが！」

「大丈夫。おかげでここまで来れたから」

Rビルの入り口はすぐそこに見えていた。

三人には本当に感謝している。してもしきれない。

「ただ、ごめんなさい。もう少しだけまさきくんを貸して。すぐにあとを追ってもらうから」

「あおいちゃん……」

私の決意が伝わったのか、敦司くんと優子ちゃんには誰かがついていないと危ないと悟ったのか、マキさんは唇を噛みしめて、

「……わかったわ」

悔しそうだったけど、納得してくれた。

「まさき！　あおいちゃんをしっかり守ってよ」

「お前のほうこそ……、ケガもするな」

「何よ、それ」

三人とはそこで別れた。

無事に帰ってください……。

「おい、急ぐぞ！」

「うん」

私とまさきくんは、Rビルの入り口へ急いだ。

そこには、かつて見たことのある風景が広がっていた。

一カ月前の競技場入り口。

中へ逃げ込もうとする人と、中から外へ逃げようとする人で、ごった返していた。

そんなパニックの中で転んでしまえば、大勢に踏みつけられて下手をすれば死んでしまう。

ここを通り抜けなければならないのだ。

そのために、申し訳ないとは思いながらもまさきくんだけにはついてきてもらったのだ。

バカ力のまさきくんなら、私を掴まえながら、ここを抜けられるだろうから。

説明すると、

「なるほどな。だから、あとから追いかけさせるって言ったのか」

「マキさんのこと、心配なのにごめんね」

「アホ、謝るな。マキはそんなに弱くねぇから大丈夫だ」

「そうなの？」

「ああ、木刀持ったら俺でもかなわねぇ」

「そんなに強いんだ」

それなら、三人は絶対無事に学校へ戻れるはずだ。

もちろん、何があるかはわからないから、ここを通ったら、まさきくんにはマキさんたちを追いかけてもらうことに変更はない。

「入るぞ」

言いながら、私を引き寄せてまさきくんは玄関へ突入した。

「くっそ……思ったよりヤべぇな」

内臓が飛び出るかと思うような圧迫感。

前からも後ろからもすさまじい力の波が押し寄せてくる。

痛い！

誰かに足を踏まれ、肘が顔をかすめていく。

息が詰まる……。

暑さで頭がぼーっとする。

呼吸ができなくて、苦しい……。

息が詰まる……。


「――い。――おい。あおい！」

ハッと目が覚めた時、私はまさきくんの腕の中にいた。

「私……」

「一分ぐらいだが、気を失ってたな」

あたりを見回すと、ビルの中に入っていた。

ガラスの壁の向こうには、相変わらずの地獄が広がっている。

「中は安全？」

「いいや、奥から悲鳴が何度も聞こえてる」

「そう……」

私は、ちょっと気分は悪かったけど自分の足で立った。

「ここまでありがとう。もうマキさんのところに行ってあげて」

「本当に大丈夫なのか？　なんなら柏木が見つかるまで――」

その時だった。

ドゴン!という爆発音とともに、多目的ホールの屋根が吹き飛んだ。

屋内でガス漏れでもあったのか、理由はわからない。というか理由なんてどうでもいい。

問題は、

「伏せろっ!」

建物の一部と、

「わあああっ!」

人と、

「グ、アアッ」

ゾンビが雨となって降ってきたのだ。

すさまじい勢いで、Rビルのガラス壁を粉々に粉砕していく。

飛び散る破片。

グシャリ、と潰れていく人間とゾンビ。

収まった時には、あたり一面が血の海の廃墟と化していた。

柱の陰に立っていた私たちは、運よく無事だった。

だけど、

「マキさんたち！」

表を歩いているマキさんたちは！

刺された敦司くんを支えながら、しかもゾンビを警戒しながらだから、ここからはあまり離れられていないはず。

「クソッ！」

「行ってあげて。ケガしているかもしれない」

「だけど」

「私は大丈夫！　雅先輩を見つけてちゃんとみんなのところへ帰る！」

「……」

それでも優しいまさきくんは決断できないでいた。だったら――。

「まさきくん！　私は雅先輩が一番大切だからここまで来たの！　あなたは？　あなたが何よりも大切な人って誰！」

それが効いたのか、まさきくんはやっと決断してくれた。

「……そんなの決まってる――けどな、お前も、あおいも、もう大切な一人なんだからな……だから、絶対に戻ってこいよ！」

そう言って、割れた壁から外へと猛スピードで駆け抜けていった。

これで、みんな大丈夫。ケガをしていても、まさきくんがいれば学校に戻れるはず。

「先輩……待ってて」

私は、いつの間にか何も持っていない両手を握りしめて、一人足を踏み出した。

まずは、ビルの案内板を探した。

雅先輩がいそうな場所を特定するためだ。

壁代わりのガラスが吹き飛んだおかげで、中から出ようとしていた人たちは、あっさりと出ていき、中へ入ろうとしていた人たちも簡単に入れたみたいで、混み合っている場所はなくなった。

ゾンビにさえ気をつければ、進むことはできた。

すぐそこで、人を食べているゾンビに気づかれないよう、そっと通りすぎて、エスカレーターで二階に上がると、あった。

案内板だ。

一階はエントランス。今いる二階と三階、地下は飲食店と歯科やコンビニが入っている。

四階から二十階までは、オフィス。二十一階に展望レストラン。その上は屋上だ。

この中のどこかに先輩はいるはず。

どこにいるのだろう。

もう、外は暗くなり始めている。もし、電気が消えてしまったら身動きが取れなくなってしまう。

ケガをしている先輩のことを考えても、一秒でも早く見つけてお医者さんに診せてあげたい。

お医者さん?

もう一度、案内板を覗き込んだ。

三階に一つだけあった。

歯科医院だけど、鎮痛剤とかはあるはずだから、そこで自分で応急処置をしているかもしれない。

もうすぐ会える。

そう思って、すぐに階段を探して上へあがった。

廊下を覗くと、三階は静まり返っていた。

ゾンビどころか人の気配もない。

これなら大丈夫そうだ。

私は一気に奥に見えた歯科医院の看板まで走った。

そして、鉄の扉を開く。

と——。

「ガ、アッ!」

しまった！

そう思った時には遅かった。

目の前に、白衣を着た女性のゾンビがいた。

「嫌っ！」

ゾンビは容赦なくのしかかってくる。

私は抵抗する間もなく押し倒されていた。

「やめて！」

叫んでもゾンビは聞いてくれるはずもなく、大きく開いた口が目前に迫ってくる。

噛まれる！

そう思いながらも体は動いていた。

倒れた時、背中に感じた矢筒。その中に手を入れ、矢を取り出し、夢中で突き立てていた。

矢はゾンビの目をえぐり、一瞬ひるませた。

逃がすまいとする長い爪が肩に食い込んできたけど、その痛みをはねのけて、ゾンビを押しやった。

けど……、

「そんな」

ゾンビの力は恐ろしく強く、私は床に押し戻されていた。
「ここまで来たのに……」
目に刺した矢を伝って、赤黒い血液の滴がぽたぽたと私の頬へこぼれ落ちてくる。
ゾンビの顔が、ゆっくりと私の胸へ落ちていく。
雅……先輩……。
助けられなくてごめんなさい。
どうして、最後にケンカなんかしちゃったんだろう。
どうせなら、最後ぐらいは滅多に見られない、あの不器用な笑顔が見たかったな。
……。
グシャ、グシャ。
「——え⁉」
襲ってくるであろう痛みに身構えていた私は違和感を覚えた。
目を向けると、ゾンビはたしかに私の胸に食らいついている。
けれど、ゾンビが口に入れているのは、生々しい人間の肉ではなく、
「胸当て……」
弓道で使う、学校で借りてつけていた胸当てだった。
まだ死んでない！

そう思った瞬間、再び体が動いた。

両足をお腹まで引き寄せて、一気に伸ばす。

ガン！

ゾンビは胸当てを啣《くわ》えたまま、後ろのカウンターに後頭部を直撃した。

怒り狂ったようにゾンビは立ち上がったけど、私のほうが速かった。

歯科医院から出ると、すぐにドアを閉めた。

ドアノブを回す脳味噌を持たないゾンビは扉へガリガリと爪を立てていたけど、開けることはなかった。

助かった……。

気が抜けそうになったけど、まだだった。

私の悲鳴が原因なのか、廊下には、内臓を引きずるゾンビがいた。

ゆっくりだが、確実にこっちに向かってきている。

階段のほうからも、一体、二体と姿を現した。

私はさっと振り返って、反対へ走った。

奥にはエレベーターが見えている。

あれに乗れれば。

もし、ゾンビが乗っていたらもうあとがない。でも、もうそれしかない。

たどりついてすぐにボタンを連打した。
すると、二つあるうちの左側がすぐに開いた。
誰も乗ってはいない！
急いで乗り込んで行き先階を適当に押し、【閉】のボタンをまた連打する。
早く閉まって！
祈りは通じて、ゾンビが来る前にエレベーターは動き出してくれた。
ハアー……。
大きく息がこぼれると、力が抜けて床にぺたり、座り込んでしまった。
こんなことではいけない。
先輩を助けに来たのに……。
そう思うのに、体が言うことを聞かない。
死ぬ思いをしたせいだろうか。
気づくと、エレベーターは止まり、ゆっくりと扉が開いていく。
そして、目に飛び込んできた光景は、さらに私の体を硬直させた。
廊下にひしめくゾンビの群。
すべての目が、私に注がれている。
ハ、ハハハ……。

なぜか笑ってしまった。
もう無理。そう思ったからかな。
何をしているのだろう、私は。
頬をゆっくりと涙が伝っていく。
「……雅先輩」
……。
雅……。
「みやび！ 助けて！」
もう訳がわからなかった。
先輩を助けに来たはずなのに、私は夢中で先輩に助けを求めていた。
ただ、叫んでいた。
「雅！」
大好きな人の名前を。
そして瞳を閉じた。まぶたの裏に焼きついた先輩が見たかったから……。
最後に真っ白な頭に浮かんだのは、やっぱりすんなりとは笑いきれない不器用な、
でも私の大好きなあの笑顔だった。

……。
あれ？
なんだかおかしい。
そう思ったのはどれくらいたってからだろう。
何も起こらないのだ。
私は死を覚悟した。
そして叫んでいた。
それから現実逃避をした。どうせ死ぬならと……。
ゆっくりと瞳を開けてみる。
と――。
突然、現実が飛び込んできた。
まさかの現実が……。
目の前には、
「うそ……でしょ」
「あおい……間に合ってよかった」
そう不器用に笑う、本物の笑顔があった。

「雅先輩！　どうして！」

　先輩は、迫りくるゾンビを次々と切り倒しながら、言った。

「僕があおいを守る。一カ月前そう約束したから」

「雅……」

　気づいたら、ゾンビはいなくなっていた。

　何十体というゾンビをすべて、雅が倒してしまったのだ。

　ケガのほうは、思ったよりも軽かったらしく、足はおそらく捻挫だろうということだった。

　もちろん、痛くないわけはないから、相当無理をしてくれたんだろう。

　そのあと、まだ現実がうまくのみ込めない私は、言われるまま雅と一緒に屋上に出てきた。

　ここはこのビルで一番安全だということだった。

　そこから下を見おろす雅。

「ここからビルに入ってくるあおいの姿が見えたんだ。そのあと、必死で探して……間に合ってよかった」

「私が助けに来たはずなのに……」

「来てくれただけで、うれしかった。あんな別れ方をしてしまったから」

「怒ってないんですか」

「僕もひどいことを言った」

「それは、私が――」

言いかけた時だった。

私はすっぽりと雅の胸の中に収まっていた。

「ごめん……」

「え!?」

そして、謝ったかと思ったら――。

「!」

突然だった。

雅の唇は、私の唇と重なっていた。

「雅……」

驚いた。

あまりの出来事に唇が離れた時、そう呼ぶのが精一杯だったぐらい。

頬が熱い。

きっと今の私は、真っ赤な顔をしている。

けど、雅は、

「僕はあおいが好きだ」

そう言って、私をぎゅっと抱きしめた。

「出会ったばかりだったけど、君を守らせてって自分をさらしたあの時、もうすでに好きになっていたのかもしれない。自分が死ぬかもしれないと思った時、あおいが死んでしまうかもしれないと思った時、悟ったんだ。純也に嫉妬している自分はなんてバカなんだろうって。こんなことなら気持ちをもっと早く伝えるべきだったって」

「そ、それは……私も……同じで……」

「同じ？」

「わ、私も先輩が──雅が大好きだから！」

すごくうれしかった。雅も私と同じ気持ちでいてくれたことが。

だから……。

「あお──」

今度は私のほうから、雅にキスをした。

恥ずかしさなんて忘れるくらい。

時が止まるぐらい。

永遠かと思えるくらい。

……ずっと……。

それから私と雅は、これまでの時間を取り戻すように、長い間抱きしめ合っていた。

あとで聞いた話だけど、じつは雅は私を前から知っていたらしい。

純也から、

『変な幼なじみがいる』

と聞いていたのだとか。

失礼な奴って言いたいところだけど、その時からなぜか気になっていたと雅に言われたら、文句も言えない。ある意味、純也のおかげだから。

もしかしたら純也にそっくりなまさきくんは、もどかしい私たちを空から見た純也が会わせてくれたのかもしれない。

死の間際に、ちゃんと告白してくれた純也が、

『俺みたいにはっきりしろ！』

そう言ってくれている。

そんな気がした。

屋上から見おろした町は、地獄そのものだった。

うごめくゾンビの群。

無数に転がる死体。

崩壊していく暮らし。

だけど、そんな中でも、——そんな世界だからこそ、好きって素直な気持ちを隠さず大事にしよう。そう思った。

私の隣には、これからもずっと、大切で大好きな不器用な笑顔の彼がいるから。

END.

あとがき

初めまして。朝比奈みらいです。

この作品を手に取っていただき、ありがとうございます。

原文は数年前に書き上げたものですが、自身にとって初めてのホラー、初めての女性目線ということもあり、とても思い入れのある作品です。

昔はホラーが苦手で、テレビを見ていても恐怖映像が映った瞬間に消していたのですが……。

「面白かった」「感動した」「怖くはなかったけど……まあまあ切ないかな」など、何かしら胸に残る感想を持っていただけていたら幸いです。

思い入れつながりですが、作品中の〈浦高市〉は、私が住んでいた町の地図がベースで、雅や純也が得意とする剣道も、私自身習っていた経験から取り入れています。

雅の使う刀も、あまり細かい描写はしていませんが、当時通っていた道場で先生に見せてもらったものをイメージしております。

人を惹きつける美しいフォルムを持ちながら、同時に凶器としての畏怖《いふ》の対象。それを見た小学生の私は、憧れと恐れの入り混じる胸をドキドキさせて、ただただ見惚れていたのを覚えています。

今作でも、そんな対照的とも言える『人を好きになる気持ち』と、理不尽に襲いかかる『死に対する恐怖』が、うまくミックスされて皆様の元へ届けられていたらうれしい限りです。


最後に謝辞を。

イラストを描いてくださったｒｕｕ様。ありがとうございます。

この作品の書籍化に携わってくださった関係各位。ありがとうございます。

そして、この本を読んでくださったあなた！　キミ！　おぬし！　本当にありがとうございます。

それではまた、どこかの巻末でお会いできることを楽しみにしております。

二〇十九年十一月　朝比奈みらい

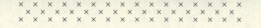

朝比奈みらい（あさひな　みらい）

千葉県在住のA型で、趣味は絵画・映画鑑賞と読書。最近は温泉にハマっていて、時間ができたら日本中の温泉に行ってみたいと思っている。本書が初の書籍化。現在は、ケータイ小説サイト「野いちご」にて執筆活動中。

ruu（るう）

神奈川県在住。高校在学中に某少女漫画雑誌にてデビューし、講談社のWebコミック配信サイトの新人賞で金賞を受賞。猫・激辛・音楽・テニス・サッカー観戦が欠かせない。

朝比奈みらい先生への
ファンレター宛先

〒104-0031　東京都中央区京橋1-3-1　八重洲口大栄ビル7F
スターツ出版（株）書籍編集部気付　朝比奈みらい先生

× × × × × × × × × × × × × × × ×
× × × × × × × × × × × × × × ×
× × × × × × × × × × × × × × × ×

この物語はフィクションです。
実在の人物、団体等とは一切関係がありません。

感染都市
～恐怖のゾンビウイルス～

2019年11月25日　初版第1刷発行

著　者　朝比奈みらい　

発行人　菊地修一

イラスト　ruu

デザイン　齋藤知恵子

DTP　株式会社 光邦

編集　相川有希子　酒井久美子

発行所　スターツ出版株式会社
〒104-0031
東京都中央区京橋1-3-1 八重洲口大栄ビル7F
出版マーケティンググループ TEL 03-6202-0386
(ご注文等に関するお問い合わせ)
https://starts-pub.jp/

印刷所　株式会社 光邦
Printed in Japan

ISBN　978-4-8137-0802-5　C0193

× × × × × × × × × × × × × × × ×
× × × × × × × × × × × × × × ×
× × × × × × × × × × × × × × × ×

恋するキミのそばに。

野いちご文庫人気の既刊！

洗脳学級

西羽咲花月《にしわざきかつき》・著

高2の麗衣たちは、同じクラスの沙月から、どんなことでも解決してくれる「お役立ちアプリ」を教えてもらい、ダウンロードする。やがて、何をするにもアプリを頼るようになった麗衣たちは、アプリに言われるままイジメや犯罪にも手を染めていき…。衝撃のラストまで目が離せない、新感覚ホラー！

ISBN978-4-8137-0783-7　定価：本体600円+税

予言写真

西羽咲花月《にしわざきかつき》・著

高校入学を祝うため、梢は幼なじみ5人と地元の丘で写真撮影をする。その後、梢たちは1人の仲間の死をきっかけに、丘での写真が死を予言していること、撮影場所の丘に隠された秘密を突き止める。だけど、その間にも仲間たちは命を落としていき…。写真の異変や仲間の死は、呪い!?　それとも…!?

ISBN978-4-8137-0766-0　定価：本体590円+税

死んでも絶対、許さない

いぬじゅん・著

いじめられっ子の知絵の唯一の友達、葉月が自殺した。数日後、葉月から届いた手紙には、黒板に名前を書けば、呪い殺してくれると書いてあった。知絵は葉月の力を借りて、自分をイジメた人間に復讐していく。次々に苦しんで死んでいく同級生たち。そして最後に残ったのは、意外な人物で…。

ISBN978-4-8137-0729-5　定価：本体560円+税

あなたの命、課金しますか？

さいマサ・著

容姿にコンプレックスを抱く中3の渚は、寿命と引き換えに願いが叶うアプリを見つける。クラスカーストでトップになるという野望を持つ彼女は、次々に「課金」ならぬ「課命」をして美人になるけど、気づけば寿命が少なくなっていて…。欲にまみれた渚を待ち受けるのは恐怖!?　それとも…？

ISBN978-4-8137-0711-0　定価：本体600円+税

書店店頭にご希望の本がない場合は、書店にてご注文いただけます。

恋するキミのそばに。

♥野いちご文庫人気の既刊！♥

恐愛同級生

なぁな・著

高２の莉乃はある日、人気者の同級生・三浦に告白され、連絡先を交換する。でも、それから送り主不明の嫌がらせのメッセージが送られてくるように。おびえる莉乃は三浦を疑うけれど、彼氏や親友の裏の顔も明らかになり始めて…。予想を裏切る衝撃の展開の連続に、最後まで恐怖が止まらない!!

ISBN978-4-8137-0666-3　定価：本体600円＋税

秘密暴露アプリ

西《にし》羽《わ》咲《ざき》花《か》月《つき》・著

高３の可奈たちのケータイに、突然「あるアプリ」がインストールされた。アプリ内でクラスメートの秘密を暴露すると、ブランド品や恋人が手に入るという。最初は誰もがバカにしていたのに、アプリが本物だとわかった瞬間、秘密の暴露がはじまり、クラスは裏切りや嫉妬に包まれていくのだった…。

ISBN978-4-8137-0648-9　定価：本体600円＋税

女トモダチ

なぁな・著

真子と同じ高校に通う親友・セイラは、性格もよくて美人だけど、男好きなど悪い噂も絶えなかった。何かと比較される真子は彼女に憎しみを抱くようになり、クラスの女子たちとセイラをイジメるが…。明らかになるセイラの正体、嫉妬や憎しみ、ホラーより怖い女の世界に潜むドロドロの結末は!?

ISBN978-4-8137-0631-1　定価：本体600円＋税

カ・ン・シ・カメラ

西《にし》羽《わ》咲《ざき》花《か》月《つき》・著

彼氏の楓が大好きすぎる高3の純白。だけど、楓はシスコンで、妹の存在は純白をイラつかせていた。自分だけを見てほしい。楓をもっと知りたい。そんな思いがエスカレートして、純白は楓の家に隠しカメラをセットする。そこに映っていたのは、楓に殺されていく少女たちだった。そして混乱する純白の前に……。

ISBN978-4-8137-0591-8　定価：本体640円＋税

書店店頭にご希望の本がない場合は、書店にてご注文いただけます。

恋するキミのそばに。

野いちご文庫人気の既刊！

ずっと前から好きだった。

はづきこおり・著

学年一の地味子である高1の奈央の楽しみは、学年屈指のイケメン・礼央を目で追うことだった。ある日、礼央に告白されて驚く奈央。だけど、その告白は“罰ゲーム”だったと知り、奈央は礼央を見返すために動き出す…。すれ違う2人の、とびきり切ない恋物語。新装版だけの番外編も収録！

ISBN978-4-8137-0764-6　定価：本体600円＋税

幼なじみとナイショの恋。

ひなたさくら・著

母親から、幼なじみ・悠斗との接触を禁じられている高1の結衣。それでも彼を一途に想う結衣は、幼い頃に悠斗と交わした『秘密の関係』を守り続けていた。そんな中、2人の関係を脅かす出来事が起こり…。恋や家庭の事情、迷いながらも懸命に立ち向かっていく2人の、とびきり切ない恋物語。

ISBN978-4-8137-0748-6　定価：本体620円＋税

ずっと恋していたいから、幼なじみのままでいて。

岩長咲耶《いわながさくや》・著

内気で引っ込み思案な瑞樹は、文武両道でイケメンの幼なじみ・雄太にずっと恋してる。周りからは両思いに見られているふたりだけど、瑞樹は今の関係を壊したくなくて雄太からの告白を断ってしまって…。ピュアで一途な瑞樹とまっすぐな想いを寄せる雄太。ふたりの臆病な恋の行方は——？

ISBN978-4-8137-0728-8　定価：本体590円＋税

早く気づけよ、好きだって。

miNato《ミナト》・著

入学式のある出会いによって、桃と春はしだいに惹かれあう。誰にも心を開かず、サッカーからも遠ざかり、親友との関係に苦悩する春を、助けようとする桃。そんな中、桃はイケメン幼なじみの蓮から想いを打ち明けられ…。不器用なふたりと仲間が織りなすハートウォーミングストーリー。

ISBN978-4-8137-0710-3　定価：本体600円＋税

書店店頭にご希望の本がない場合は、書店にてご注文いただけます。

恋するキミのそばに。

野いちご文庫人気の既刊！

今日、キミに告白します

高2の心結が毎朝決まった時間の電車に乗る理由は、同じクラスの完璧男子・凪くん。ある日体育で倒れてしまい、凪くんに助けられた心結。意識がはっきりしない中、「好きだよ」と囁かれた気がして…。ほか、大好きな人と両想いになるまでを描いた、全7話の甘キュン短編アンソロジー。

ISBN978-4-8137-0688-5　定価：本体620円+税

大好きなきみと、初恋をもう一度。

星咲《ほしざき》りら・著

ある出来事から同級生の絢斗に惹かれはじめた菜々花。勢いで告白すると、すんなりOKされてふたりはカップルに。初めてのデート、そして初めての……ドキドキが止まらない日々のなか、突然絢斗から別れを切り出される。それには理由があるようで…。ふたりのピュアな想いに泣きキュン！

ISBN978-4-8137-0687-8　定価：本体570円+税

お前が好きって、わかってる？

柊《ひいらぎ》さえり・著

洋菓子店の娘・陽鞠は、両親を亡くしたショックで、高校生になった今もケーキの味がわからないまま。だけど、そんな陽鞠を元気づけるため、幼なじみで和菓子店の息子・十夜はケーキを作り続けてくれ…。十夜との甘くて切ない初恋の行方は!?　『一生に一度の恋』小説コンテストの優秀賞作品！

ISBN978-4-8137-0667-0　定価：本体600円+税

放課後、キミとふたりきり。

夏木《なつき》エル・著

明日、矢野くんが転校する——。千奈は絵を描くのが好きな内気な女の子。コワモテだけど自分の意見をはっきり伝える矢野くんにひそかな憧れを抱いている。その彼が転校してしまうと知った千奈とクラスメイトは、お別れパーティーを計画して……。不器用なふたりが紡ぎだす胸キュンストーリー。

ISBN978-4-8137-0668-7　定価：本体590円+税

書店店頭にご希望の本がない場合は、書店にてご注文いただけます。